辫子姐姐纯情经典

十三岁的秘密

郁雨君 作品

山东文艺出版社

这个女孩叫宝宝

在这个故事里

她流十三岁的眼泪

她有十三岁的傻笑

她用十三岁的力量

咬开粉色的窝巢

化成蛾

打开弱弱的透明的蚕翼

飞向孤单的蓝天

翅膀一点点坚实起来……

梳麻花辫子的雨君，穿搭襻鞋的雨君

棉布的雨君，长裙的雨君

是条微笑的鱼，沉湎于温暖的水域

偶尔被水草缠绕，所幸都不是死结

被女生同化的人，为女生写作到底的人

好奇的人，自卑的人，透明的人

想入非非的人，漫无目的的人

恍惚的人，心智依旧在成长的人

不是作家，以一寸一寸速度写作的人，

会被一个词语一个句子一声旋律击中的人

在歌声和书本中终日游荡、不可自拔的人

写过一点东西以后有点惴惴不安的人

说话，有她自己的腔调

做人，心眼宽大

什么样的心事一穿而过，从不打结

个人邮箱：bianziyujun@126.com
作品网站：www.hysts.com

目录

献给长大路上的小姑娘（代前言） 013

No.1 叶子像个小新娘子 018

No.2 我们都是大牙齿 028

No.3 从前有个小姑娘 034

No.4 小孩都做不了自己的主 044

No.5 妈妈你不要我啦 054

No.6 青豆最爱潘帅 066

No.7 小姑娘嘴巴不是用来哭的 075

No.8 那么就做死党好了 085

No.9 宝宝是龅牙是恐龙 095

No.10 傻瓜的力量是无穷的 105

No.11 牙箍发出神奇的光芒 114

No.12 奶黄蛋黄又唱又跳 126

No.13 青豆不要忘记我呀 137

No.14 死党的力量就那么厉害 148

N0.15 小虎牙最可爱啦 157

No.16 正正好好露八颗牙齿 **169**

No.17 坐在肥皂泡泡顶上的人 **179**

No.18 宝宝的最后一个愿望 **192**

No.19 外公的"独木舟" **202**

No.20 十三岁，加油加油喔 **209**

青春的质感灿若水晶（代后记） **215**

献给长大路上的小姑娘（代前言）

郁雨君

这是我创作的第一部被拍成成长电影的小说，选定的是十三岁，一个神奇的年龄。

有个叫卡奇儿的女孩给我写信说——

"我是一个十三岁的女生，我虽然很瘦却很矮，我也经常运动，可还是长不高，怎么办呢？我的情绪最近很不好，常常一个人想起伤心的事就流泪。有时候觉得心脏有点受不了，不管是笑是气都有一种很难受的感觉。十三岁怎么会有这么多的烦恼呢？"

是呀，十三岁怎么会有这么多的烦恼呢？应该去请教心理医生还是生理医生呢？这个问题绝对是两种因素同时作用的结果，绝不可能是一个巴掌就能拍响的。

嗯，我想，大概是长到十三岁的时候，女孩子差不多就要迎来第一次的生理周期了，而男孩子也有让他们同样感到受影

响的生理反应。内分泌系统里产生的神奇的激素,一面雕刻着她们的体态,一面雕塑着她们的性情和气质,于是很多事情都懵懂地向女孩们敞开了门。

十三岁为什么会有这么多的烦恼呢?这个问题就像:混沌初开了,世界诞生了。因为她们开始懂得了,开始感觉了,所以问题就来了,她们开始真正长大了。

女孩在这个阶段的改变最大,从长大骨骼变成长大肌肉,脸的轮廓也在变,更清秀,初见旖旎,丑小鸭正在变成白天鹅。她们是最着急要看出这个变化世界的"小大人",像小鸡要啄破壳儿探头看世界一样。

我在这部成长小说里想要呈现的,就是一个十三岁女孩成长的小宇宙,一个十三岁女孩内在世界和外在世界融合过程里的欢乐和悲伤,迷茫和震撼。

我把背景放在一个蚕乡,一个叫宝宝的小姑娘,她的十三岁也像蚕宝宝,先是一层层地织一个茧把自己封闭起来,最后咬破了,生出一对小小的翅膀,做一个飞翔的姿态,虽然脆弱,却有一种天真又倔犟的力量。

宝宝的十三岁,被大人突然放逐只好跌跌撞撞地自我成长,经历了依赖友情却遭受死党背叛的灰心,经历了家庭分

崩离析亲情破裂后的伤心,经历了最亲的外公永远离去的痛心……

宝宝最后在外公葬礼上哭着问——

"小孩子为什么要生出来?"

"小姑娘为什么要漂亮?"

"大人为什么结婚了又离婚?"

"老人为什么最后都要死掉?"

四个"为什么",是所有小姑娘在走向真实的人生世界中要打开的一扇又一扇的大门,一扇扇门都要她们用自己小拳头小脚使劲去敲、去踢、去砸,最后才能打开的。

十三岁的秘密,揭开时,很忧伤,很真实,很震撼。

所以每一个十三岁女孩,在我眼里,都像宝宝一样,是一个用自己的力量努力成长着的天使。

在这本书里,我还写了一个看起来和敏感自卑多思的宝宝完全不一样的小姑娘——青豆。我喜欢的宝宝和青豆好像一对连体婴儿,对十三岁的女生来说,死党有可能是她的整个世界。青豆和宝宝,交织成了时而活泼无忧时而伤心无奈的十三岁世界,我一边写宝宝、写她的死党青豆的时候,一边不停地问自己,十三岁女孩的气质到底是什么?

结果咕嘟咕嘟冒出了很多很多的词语：敏感，天真，爱幻想，迷信，小秘密，爱漂亮，娇气，粉红，鹅黄，青涩，孤独，骄傲，变形，好动，赶时髦，盲目，朦胧，情绪化，少年老成，狭隘，狠心，难以言传……

接着又咕嘟咕嘟冒出了很多很好玩很活泼很伤感很热烈很想象很幽默的情节、场景和对话，跟着两个可爱混沌、哭哭笑笑的小姑娘，一起历经高高低低、起起伏伏、跌跌撞撞的奇妙的十三岁。

我和宝宝一样深爱着外公，这个奇妙又乐观的老人，一次次让我微笑着流出伤心的眼泪。

我对那些不完美的爸爸妈妈们无能为力，他们疲惫而现实，幸好善良的沈莲姑姑像是一道温暖的光照亮了宝宝灰暗的寄宿生活。

十三岁的眼泪，十三岁的傻笑，十三岁的力量，那才是真青春，那才是真成长。

对我来说，这是一种全新的写作体验，由充满画面感的构思开始，一点点进入十三岁成长的小宇宙，我想解开十三岁混沌的面貌，一点一点抵达清澈的彼岸。结果，一部"带着诗情的关怀，唯美地回首十三岁的阳光和残酷，揭开少女的秘密"

的少女电影拍成功了，一本清新温暖、有泪有笑、忧伤真实的成长小说也完成了。

很喜欢评论家徐鲁先生对这本作品的评论——

十三岁，是一个有着未完成的美丽和未完成的情谊的年龄；十三岁，也是拥有无限的梦想、无限的可能的年龄。故事里的少女用自尊、力量和梦想，使自己的豆蔻年华放出了异样的光彩。这是郁雨君少女小说的一部标志性作品。小说风格异常清丽，有着四月里的江南小镇的温暖与明亮，充满了春天四月的桑园沙沙沙的声音与清新的气息。温暖的、洒满阳光的人物，舒展的、渴望飞翔的心灵，积极的、健康向上的故事，足以在每一个少年读者的心上，在每一个丑小鸭式的男孩女孩的梦想里，插上一对白天鹅的翅膀

嗯，就把这个最认真写作的成长故事——在我的所有作品里，它也许是现实色彩最浓的——献给所有还未完成的十三岁，献给所有正在长大路上的小姑娘。

NO.1　叶子像个小新娘子

每个人都有灵魂开窍的一刻,我的那一刻是在叶子的成人礼上打开的,嘭的一下,爆米花一样,香香的,热热的,胀开了……

可是,我一直不明白,突然开窍以后的十三岁,到底是伤心大于开心呢,还是开心大于伤心?到底是做错的多于做对的呢,还是做对的多于做错的?

春天四月,快到清明节的时候,油菜花金黄一片,明亮明媚的油画一般。天气很好的午后,我住的沈娄村,空气里弥漫着蚕宝宝"沙沙沙、沙沙沙",细碎的咬蚕叶的声音。

对了,我们整个村子的人都是养蚕宝宝的,妈妈顺口就叫我宝宝,懒哇,起名字脑筋也不动一下,难道老太婆的时候别人还要叫我宝宝吗?愁死人啦!

我家祖祖辈辈还有亲戚朋友也都是养蚕的,除了我爸

爸,他不养蚕宝宝了,跑到绍兴专门卖丝绸去了。美丽的丝绸都是蚕宝宝嘴里吐出的丝,一船一船的蚕茧从我们村口的运河出发,送到附近的丝厂,最大的丝厂当然在河的尽头——上海。

春天就是我们幸运又丰收的季节,有大家最盼望的"轧蚕花"节。

赶在节前的一天,我死党桑桑的姐姐叶子满十六岁,家里给她办了成年礼,喝了十六岁酒,她就可以正正式式去"轧蚕花"了。

一桌桌酒席就摆在养蚕竹匾上,酒菜就摆在一张张倒扣过来的蚕箩上,大人小孩都吃着喝着,场面热闹得不得了。

我东张西望地找着桑桑,也不知道她到哪里去了,大菜红烧蹄髈都上了,到现在还没露面。

叶子穿得漂漂亮亮的,被她妈妈领着在酒席里穿梭,一路走过来,撩起了一排排注目的眼光。长辈们轮番夸着"黄毛丫头十八变,叶子越长越好看了"。

我羡慕地从头到脚看着叶子:圆领的绣花薄毛衫,露出膝盖的百褶裙,精巧的镶着蝴蝶结的皮鞋,眼睛亮亮的嘴唇也亮亮的,正式隆重得像个小新娘子呢。

叶子走到我旁边的时候,穿着半新不旧的小碎花衬衫的我,立刻淡下去了暗下去了。我像小乌龟一样缩了缩,唉,我对自己说:宝宝快到十六岁吧,我也想做那样的漂亮姑娘呢!

虽说只有叶子一个女主角,不像吃喜酒有新郎新娘两个人可以打趣,可大家照样闹得很起劲。

一个喝得脸红彤彤的男人立起来,喉咙放得嘭嘭响:"叶子长得漂亮,明天去轧蚕花,保准人家抢着摸!"

屋子里里外外的人都跟着哄笑:"哈哈哈哈,今年你们家蚕宝宝一定白白胖胖!"

啧啧,大人们喝了酒,讲话有点管不住舌头。他们平时都是一本正经的,什么话可以当着小孩子面说什么话要背着我们说,可是分得一清二楚的。

"轧蚕花"是我们这边的一个风俗,哎呀,说起来就是年轻姑娘穿上最好看的衣裳,戴着蚕花,到街上和小伙子们一道轧热闹、轧朋友。那两天大街小巷都会挤满嘻嘻哈哈的大人小孩,看着胆小的胆大的哥哥们慌张害羞的姐姐们追来跑去的,简直跟狂欢节差不多。

明天,叶子也要像其他大姑娘一样,打扮得漂漂亮亮,正式去参加"轧蚕花"节了,走在街上,大大方方让哥哥们去

追。

大人们说,要是被哥哥们追到了碰到了,不许骂他们,还要开开心心才对,因为今年她们家的蚕宝宝一定白白胖胖不生病。

唉,真是非常奇怪的风俗对不对?

我突然又后悔害怕了,最好自己永远也别到十六岁,虽然说在"轧蚕花"节里,我看到的大多数哥哥都是比较有礼貌的,鼓足了勇气,最多就是去摸摸大姐姐的辫子,或者拍拍她们的后背,然后,老鼠一样四处逃窜……

这时,桑桑像从地底下冒出来一样,一边向我招招手,一边含着一颗糖一样抿着嘴巴,却憋不住甜丝丝的笑意。瞧她那样,肯定有什么好玩的东西。

我从挤挤挨挨的蚕箩中间蹭过去,一把抓住桑桑的臂膀,低声喝道:"刚刚死哪儿去了?"

"客人们真会吃啊,碗都不够了,我一直在厨房里拼命洗呀洗的……"桑桑举起泡得白白的手指给我看。

桑桑是个好脾气的小姑娘,功课也很好,做家务也很好,总之是个三好姑娘。

"宝宝,我带你去看好东西。"她对我咬咬耳朵,一边像

小猫一样弓起了背,放低了身体。

我们两个小姑娘手牵手在客人中穿行,像两只小猫一样弓着背,轻手轻脚,尽量不引人注目地走向客堂旁边的走廊。大人都吃得哄闹得正高兴,叶子吸引了他们大部分的注意力。我们顺利地穿过客堂,怀着探宝般的兴奋潜入走廊,悄悄推开了走廊尽头叶子的房间。

桑桑带上门,回转身来,用欢快得发颤的语调对我说:"宝宝,快看呀,我姐姐收到的好东西!"

"真是个宝藏啊!"我喃喃叫起来。

叶子的床铺堆满了大人们送的漂亮礼物:软软滑滑的真丝裙子、五光十色的化妆品、花样精美的银手镯、细巧好看的有跟皮鞋,还有、还有让我们看得脸红又眼花的花边胸罩……反正我能想到一个小姑娘所能拥有的漂亮,这里应有尽有!

几乎同一秒钟,我们俩做出一模一样的反应——睁大眼睛、飞身扑过去,迫不及待一样一样看过来,一样一样摸过来。

我和桑桑都羡慕得要流口水,我的心又剧烈地活动开了:要是我明天也十六岁就好了,我就能马上拥有这一床铺的好东西了。

我拿起一支口红，小心翼翼旋开来。那种红颜色真好看呀，比粉红深那么一点点，比大红又柔和好多好多，我看看管子底下写着三个小小的精巧的字：珠光红。

我看看桑桑，嘴巴傻乎乎地张大了。

"要么，你涂一点点好了？"

噢，桑桑真好呀，我心里想什么，她马上就能知道我的渴望，这是死党才有的心灵感应吧。

漂亮的第一次听说第一次见识的珠光红一微米一微米地接近我的嘴唇，蜻蜓点水一样，我就这么轻轻一点，马上、马上捂住了嘴巴。

"给我看看，给我看看！"桑桑心急地拉开我的手，"哎，涂得太少了，一点也看不出呀。"

"要么，你也陪我涂涂看？"

"嗯哪！"

我们互相给对方涂口红，小心翼翼，一点、两点、三点，感觉嘴唇有点痒痒的，涂完以后不忘记用指尖抹抹膏体，嗯，这样看不出是被我们涂过了吧？

我用食指使劲抹开，桑桑也照着我的样子干了，还傻乎乎地伸出舌头舔。

"照照镜子看?"桑桑推推我。

我们两个人一起凑到梳妆台的镜子前,一起夸张地嘟起嘴巴,左看右看,啊呀呀,镜子里的小姑娘和平常不一样了,珠光红发生了神奇的化学反应,嘴唇有点像洋番茄,那样新鲜的有点亮亮的,却又有一点扎眼的红。

我看着镜子里的那个小姑娘,那神奇的一点点红,美美的、热热的,"嘭"一下,身体里有什么东西突然爆开了,爆米花盛开一样,香香的,甜甜的,胀开了……

我咧开嘴笑了,"好看吗?"

桑桑使劲点头,"很红很红的!"

这好像给了我们一种鼓励,我们的目光又跳回床铺,这次已经不像探头探脑的小老鼠了。"等等!"桑桑飞快跑出去侦察了一回,回来对我吐吐舌头,"爸爸妈妈们都吃得高兴呢。我们继续玩吧!"

我们开始大模大样在那一堆宝贝里挑挑拣拣,裙子在身上比比画画,鞋子在脚下踢踢踏踏……

我拎起一只胸罩,小心翼翼用小手指钩着,觉得像两片打开的蚌壳一样,又像两片荷花的花瓣,中间缀着漂亮的小蝴蝶结。桑桑也凑过来,下巴抵在我的肩膀上,我们一起默默看了

一会儿，都被上面的蕾丝花边深深吸引住了。

"要不，我们也来穿穿看？"桑桑一边建议一边脸红了。

"好啊！"我马上响应，"反正迟早要穿的，不如现在来感受感受味道如何吧。"

"松不松？还松啊，已经是最里头一档了呀！"桑桑隔着小背心给我扣着一只白色蕾丝的胸罩搭扣。

我瘦瘦的没有发育的身体在嫌大的胸罩里晃荡，桑桑吐吐舌头，比画着："妈呀，我们什么时候才能长那么大呀？"

我和桑桑都戴上了带花边漂亮的胸罩，就套在贴身的小背心外边，一起奔向梳妆台，在镜子里左右看，你看看我，我看看你，指着对方扑哧扑哧都笑出声来了。

真的很滑稽喔，我们都像套着盔甲似的，嘻嘻，当然是挺漂亮的盔甲。

我们想象自己是十六岁的叶子，头上戴上蚕花，在房间里你追我，我追你，压低声音打打闹闹，十足的两个疯丫头。

"桑桑，桑桑……"突然，她妈妈的声音在走廊的那一头响起。

我们吓坏了，桑桑的脸色都变了，她奋不顾身把我推到梳

妆台后,然后闪到门的一边。幸好,幸好桑桑妈妈只是把门推开,脑袋探进来张了一张,就走了。

吓死人了,羞死人了!她刚走远,"快快快!"桑桑语无伦次示意我帮她脱下"花边盔甲",我哆嗦着解开扣子,自己也转身,让她帮我解开扣子。

"呼呼"、"呼呼",我们流着汗红着脸面对面喘了一会儿气,然后飞快扯了一团面巾纸,胡乱又用力地擦了好几遍嘴唇。

回到走廊,我们蹑手蹑脚走着,"沙沙沙、沙沙沙",蚕宝宝香甜的咀嚼声,一路伴随着我们"咚咚咚、咚咚咚"小鹿乱撞的心跳声。

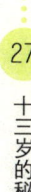

NO.2　我们都是大牙齿

"刚刚疯到哪里去了?"我坐回原位,妈妈好像也正在找我。

"你最喜欢的海蜇头!"妈妈给我抄了一勺漂着葱花的鲜酱油,浇在海蜇头上,"快吃快吃!"

幸好妈妈敲敲筷子,站起来,和其他三姑六婆一起迅速投入夹菜的运动中。

"不要给我夹!"爸爸半路拦截住妈妈准备给他夹的一筷子红烧鱼,一脸的不耐烦。

我不喜欢和爸爸妈妈一起吃酒席,爸爸要不只顾喝酒,要不忙着接电话,妈妈要不和三姑六婆们交头接耳,要不就是站起来往爸爸和我的碗里拼命夹菜,一副非要把礼金吃回来的样子。

外公要来就好了,我情愿和外公坐在一起。老头子们在一起喝酒都是笃悠悠都是笑嘻嘻的,而且他们的主要兴趣好像就

是一口接一口抿酒,吃菜很省很省的,于是我想吃什么就吃什么,想吃多少就吃多少,一边狼吞虎咽一边有一句没一句听听外公他们讲的老古话也很好玩呀——

蚕宝宝/像火车/嘟嘟嘟……/载着客人去白相

蚕宝宝/胖胖样子真好玩/让我蛮想坐一坐

那是跟着外公去喝满月酒,坐在外公膝盖上,一颠一颠剥着花生米,一点一点就把这个有趣的童谣给记得牢牢的。

"风无娘子,要归去烧晚饭了!"

那是跟着外公去喝上梁酒,外边一直在刮风,黄昏时,风一下说停就停了,外公往嘴巴里扒了一口饭,牙缝里就蹦出这句话。后来我很多次留心过,劲道再大的风,到了吃晚饭的傍晚时分,真的都会突然一下跑没了。我就把风想象成一个很勤劳的单身叔叔,工作了一天,晚饭也绝不亏待自己,赶着回去烧几个好菜犒劳自己。

可惜今天开始外公轮到到大舅舅家去吃饭,大舅舅住在外村。

不过昨天晚上,外公还对我说呢:"宝宝啊,一个人一辈子要办好几场酒席,满月酒、成人礼、订婚结婚酒、新房上梁酒,死了还要办豆腐饭,除了一头一尾的满月酒、豆腐饭自己

喝不到，其他自己都能吃到喝到哦……"

"对小孩瞎说什么？"妈妈把我拉开，不要让我听外公说话。她对外公总是不屑一顾，外公在她眼里就是一个老糊涂、老啰唆。可是我仔细想想，外公讲的都是大实话呀。

要是我交得起那份礼金，肯定会带外公一起来的。

"宝宝，糟猪耳好吃噢！"妈妈又给我夹了一筷子。我和妈妈这一点很像，都喜欢吃有嚼劲的东西。哗嚓哗嚓，哗嚓哗嚓，真是好脆好鲜呢。

"哈哈，宝宝和妈妈越长越像啦。"同桌客人有点打趣。

我忽然意识到什么，赶紧抿牢嘴巴。

刚刚忘乎所以咀嚼，我肯定露出了两颗显眼的大门牙，这是我和妈妈最最像的地方。

来不及了，爸爸斜斜眼睛，阴阳怪气地说："是啊，吃相也一模一样。"

妈妈笑嘻嘻的，一点也没觉察的样子，美滋滋地在那儿展望："再过三年，就轮到我们家宝宝去'轧蚕花'节上出风头喽！"

一桌子人都来凑趣，齐齐地叫："保证追的男孩子排队！"

我脸红得要命,拼命用眼睛白妈妈。

呸呸呸,才不要才不要才不要呢!

爸爸摇摇头:"嘿嘿,我家宝宝就不指望喽!"

我吃菜的筷子停了下来,难过地想:"喔,爸爸你为什么要这么说呀?"

果然,妈妈不服气了:"罗三宝你瞎讲,宝宝长得像我!不要忘了,当年你不就是轧蚕花节上追上我的吗?"

爸爸灌了一大口酒,重重地放下杯子,脸通一下红了:"那是你抿牢嘴巴,拼命在那儿装难为情。要是你冲我笑,我看到你几只门牙那么大那么壮观,我当时肯定逃走了!"

"罗三宝,你猪头三啊!"妈妈下不来台,在那儿直跺脚。

旁边的人都赔笑了,"醉了,醉了!"

我连白眼的力气都没有了,爸爸让我和妈妈都好糗啊!

这时,爸爸手机响了,他接起来听了几句,"什么,提前送来了?先别付钱,我回来验收一下再说!"

他马上推开凳子站起来:"我马上要赶到绍兴去,店里进了一批丝巾……"

妈妈生气都来不及,拉长的脸马上恢复正常长度,巴巴

地跟在爸爸后面:"啊,这么急呀,家里都没回去过呢,你等等、等等呀……"

爸爸像没听见一样,自顾自大踏步向前走。

剩下我一个人低着头坐在那里,走也不是,不走也不是。

同桌有个女客人夹了块五香爆鱼给我:"宝宝吃鱼吧!"

我屏了一会儿,喔,真香呀,好像还撒了胡椒粉,那也是我的最爱呀。我有点抵抗不住了,张开嘴,牙齿一点点凑近香香的鱼块,可是马上下意识看看四周,他们好像都在看我的大牙齿呀。

好糗,好糗!

放下筷子,抿紧嘴巴,如果可以的话,最好再加上三把锁,这样才能保证难看的大牙齿从此不再暴露吧。

还迟疑什么,如果不想钻桌子,还是赶紧逃,逃得远远的,不要再在那么多人面前现丑啦。

从那天起,我和真正的蚕宝宝一样,学会了一件事情——自己织一个茧,躲进去,闷着脑袋自己长个儿。

NO.3　从前有个小姑娘

叶子的成人礼以后,春天就飞快得滑翔而过,短得像一个呼吸,好像这么一呼气一吸气就没有了。

妈妈经常给爸爸打电话,一天打上那么十几二十次,说来说去老是那么几句话:"你在做什么?你现在在哪里呀?你和谁在一起呀?"

妈妈被爸爸频繁地挂电话,或者不在服务区,或者手机关机。妈妈一天比一天更加坐立不安,看我的眼神又是那么放心不下。

妈妈打不到爸爸的电话,就给李老师打电话诉苦——

李老师是离我们最近的镇子华镇上的小学老师,已经退休了,妈妈从小就过继给她当干女儿的。平时妈妈常去她家走动,送点乡下的蔬菜瓜果,也送点爸爸店里的丝巾睡衣什么的,把李老师哄得很开心。

"过房娘,你说我怎么办好?顾了这头就顾不了那头,顾了小的就顾不了大的。"

不晓得李老师在电话里给妈妈出了什么样的主意,挂电话以前,我听见妈妈终于下定决心似的在那边说——

"还是顾大的吧,大的是大头,是家里的顶梁柱,小的只好放一放了。宝宝十三岁了,也应该懂事了,我也可以放心点了。"

我的心咯噔一下,妈妈是要离开我吗?

已经是春末夏初了,妈妈满头大汗在收拾东西,衣物用品一样样往包里塞,房间里吊扇呼啦啦吹着。

妈妈对我说:"你爸爸在绍兴做生意,忙不过来,妈妈赶紧过去帮把手。"

"妈妈,你以后不管我了吗?"我在一边失神地看着妈妈一样一样打包,妈妈,你为什么不干脆把我也一起打包带走呢?

妈妈一把搂住我,好声好气地说:"管!妈妈会托李老师照顾你的,你就叫她小外婆。小外婆已经在帮你办转学,妈妈等她电话,过阵子先送你到镇上去读书好吗?"

"我不要去,我就在这里等你和爸爸回来好了!"我断然

拒绝。

妈妈板起脸孔:"不行,外公马上就要搬过来了。"

"我和外公住好了!"我低头嘀嘀咕咕,"谁要住到老师家里去呀?"反正老师在我心目中就是动不动板起面孔教训你的那种人。

妈妈叫起来:"不行,外公脑子不清楚,照顾不了你的。宝宝,妈妈也是没有办法,才让他来看房子的呀。噢,讲到你外公他就来了——"

妈妈放下包,转身到门口。我跟在妈妈后面,快活地叫起来:"外公,外公!"

外公是个精瘦的老头,穿着蓝布对襟短衫,袖子齐肘,裤管齐膝。也不知他什么时候到的,这会儿正坐在门槛上津津有味地吃着一块豆沙糕,身边是他喝茶的紫砂壶。他吃几口,对着壶嘴啜一口茶,唇舌间发出很响亮很享受的"哧溜哧溜"的声音。旁边一架快散架的半导体用橡皮膏缠着,正放着咿咿呀呀的沪剧唱段《从前有个小姑娘》——

从前有个小姑娘,她真想背上书包上学堂,怎奈她三岁亲爷死,家中无钱又无粮……她静静坐在课桌旁,心里的高兴说不出……

"阿爸,你进来,我跟你讲。"妈妈招呼外公进屋。

"就在这里讲好了,坐来坐去还是家里的门槛最舒服呀!哎呀哎呀,"外公把耳朵凑近收音机,啪啪拍几下,"你再不唱响点,我打你屁股!嘿嘿,灵光了,喉咙又响了!"

"嘻嘻!"我忍不住笑出声,我知道外公的这台宝贝收音机天线已经不灵光了,外公跑遍我家里的每一个角落,结果只有在门槛边上勉强能收到几个波段。

"好吧。"妈妈无奈地摇摇头,交给外公一小沓钱,一本正经叮嘱,"这是给你看家用的,不要瞎用,不要给孙子去买吃的,他们都是没良心的,不会叫你好的!"

外公接过来,连连点头:"不会的,不会的。"

妈妈转身进房间继续整理东西去了,外公把钱装进兜里,一边拍拍兜,一边向我招招手,我马上很会意地跟着外公迈出了门槛。

外公怀里揣着钱,走在路上神清气爽的样子,背也挺直了不少,我也开开心心地跟在后面。

"宝宝,为啥不肯到镇上去呀?"

"换个地方,我肯定睡不着的。"

"噢,那宝宝就不要走,外公烧饭给你吃。"

"外公烧得没有妈妈好吃。"

"我多放点油,多放点油!"

经过村里的小卖部,我站住了,理所当然点了冰柜里的一样冷饮。我拿着一支冰淇淋,着急地冲着前面喊:"外公!"

外公像没有听见,兴冲冲一颠一颠继续走着,他这是要往哪里去呀?

我拔挺喉咙大喊一声:"外——公!"

这下外公总算听到了,倒了回来。他掏出一把分币,来来回回数来数去数不清楚的样子。

小卖部的阿婆露出一副我早知道的神情,一把抽回我手里的冰淇淋放回冰柜,把冰柜里个头最小味道最淡的五毛一支的棒冰塞到了我手里。

哼,刚刚还说多放点油的外公真小气呀。我咬着小小的淡叽叽的棒冰,气咻咻地甩开外公就走。

"宝宝,宝宝!"外公跟上来,"你妈妈给的大票子我今天要派大用场的。"

"大用场?什么大用场?"我一好奇,就忘记了生气。

"跟我走就晓得了!"

我咬着棒冰,跟着外公七拐八拐来到了木匠家。木匠家的

院子搭了个棚,棚里堆满了木头,外公一进去,就高兴得不得了,敲敲这块,摸摸那根,一脸的陶醉幸福。

木匠问外公:"阿爷,看中哪根了吗?"

外公拿出财主的派头,喉咙好响噢:"宝宝,你帮我闻闻,哪根香就买哪根!"

"噢!"我像小狗一样夸张地抽着鼻子东嗅西嗅,"外公,你买木头做什么呀?"

外公很快活地说:"睡觉派用场的。"

我好像明白了:"噢,外公是要做一张床呀。"

外公脸上露出写意和向往的神情:"呵呵,老头子这一觉睡下去,就再也用不着爬起来喽!"

一根巨大的木头横卧在客堂间里,妈妈大声和外公吵架。

木匠送货真神速呀,外公付好钱,我们前脚到家门,后脚就给送过来了。

妈妈给外公气得浑身发抖:"年纪大,动作倒是快得要死。钞票左手拿进来,右手就花出去啦!"

妈妈要哭出来的样子:"棺材不许放在我房子里,送终又

不是我的事,是你三个儿子的事。我是嫁出去的人,泼出去的水。"

啊,棺材,我给吓了一跳,外公说睡觉的地方居然是棺材!

外公像个乖乖认错的小孩一样,跟在妈妈身后,一个劲地"噢噢噢"。

妈妈不肯罢休,继续对外公吼:"等下你就给我送到那几个没良心的家里去!"

外公继续"噢噢噢"。

外公年纪大了,没有能力做活了,到三个儿子家轮流住,一家住十天,轮到大月份有三十一天,多出来的一天三个舅舅计较得要命,外公只好寄宿到我家来。

我觉得外公很可怜,像包袱一样被推来推去,可妈妈说她是女儿不能多管的。

大人的心肠就是这么硬,难道他们不怕自己的小孩以后看样学样吗?

可是外公从不埋怨自己的小孩,难得住在我家的几天,他总是笑眯眯的,心平气和地坐在门槛上晒太阳听收音机,或者说这说那地逗逗我。

妈妈说外公老了脑子不清楚,可要是外公脑子太清楚了,伤心也会多出好多吧?比如像这样被妈妈像小孩子一样地训斥,外公也只是一副老糊涂的可怜相,可背过来,脸上马上变成孩子般偷吃得逞的得意神情。

妈妈要赶车子没时间了,气急败坏地走了,临走时踢了那根木头一脚。

第二天清晨,外公站在院子里给我梳头发。昨天晚上我哭了好久翻来覆去好久做了好多乱七八糟的梦,一夜睡相不好,头发打结得厉害。

外公的梳子一直在我纠成一团一团的发丛里,左右上下都找不到出路,一不小心一歪,我痛得叫起来:"哇,轻点啊!"

"外公,你到底会梳辫子吗?"我不放心。

外公喉咙顿时响了,"哎呀,你妈妈的辫子,我从小帮她梳到大!"

结果、结果,放学后,我晃着两个梳反的辫子,又恼又羞地冲进院子,冲着外公喊:"你会梳个屁!"

别怪我连"屁"字都粗鲁地放出来了,这一天我可出够了

丑。课间休息的时候,我不得不躲到厕所里不出来,吸饱了臭气。

我冲外公喊完就冲进房间,"嘭"一下把门关了!

过了一会儿,外公来了敲门:"宝宝,晚饭烧好了!"

我气呼呼,却又忍不住问:"有啥好吃的?"

"酱油蛋,青菜豆腐汤。我倒了几滴麻油,香啊!"

麻油两个字尤其触动得我肚子咕咕乱叫,可是我故意喊:"我要吃炸鸡腿!"

"外公明天去买。"

"妈妈给你的钞票你统统交给木匠了,买个空屁呀!"

"小姑娘不要屁呀屁呀的。我另外有好东西给你。"

我顿时好奇心大起,马上开门问外公:"什么好东西?"

"吃好饭就给你!"外公转身走了。

NO.4　小孩都做不了自己的主

我半信半疑,含着一大口饭,摊开手掌,催促外公:"快点、快点拿出来!"

外公放下筷子,变戏法一样,从桌子底下掏出来一个竹筐。我伸过脑袋一看,眼睛顿时花了,天哪,里面装了好多彩色的蚕茧,很多颜色是我以前看也没看到过的。

外公像魔术师一样,不紧不慢,一个接一个掏出来,我跟着惊喜不断:"啊,黄的、蓝的、紫的,啊!粉红的,我最喜欢粉红的,再有一个粉红的就好了!"

变戏法一样,外公手一晃,又掏出一个粉红的茧。

我跳起来:"啊,外公万岁!"

我趴在饭桌上,在灯光下用细彩笔在一个个茧子表面涂涂画画,画眼睛、画鼻子、画嘴巴、画头发,一边自言自语——

"这个是宝宝(粉红的),这个是妈妈(紫色的,脖子上画

一根项链),这个是爸爸(蓝色的,头上加一顶帽子),这个就算外公吧(藏青的,有几条纹路)。桑桑你和我一样,是粉红色的噢,不过,桑桑茧子是短头发,宝宝茧子梳两根小辫子。"

外公呵呵笑着,用小剪刀轻轻剪开小口子,然后一个一个帮我套在手指上。

我开始做偶人游戏,绘声绘色模仿着不同人的声调——

宝宝茧子:眼睛、鼻子都还马马虎虎,啧啧,就是牙齿好大呀。

妈妈茧子:宝宝呀,大门牙的姑娘有力气呀!

外公动动他的茧子在一边附和:就是就是!

我白了外公一眼,手指上的宝宝茧子跟着抗议:我不要力气大,我只要小小的白白的牙齿,像桑桑那样就可以了。

桑桑茧子有点得意:我像爸爸!

宝宝茧子愤愤不平了:我为什么长得不随爸爸呢?爸爸,你还是喜欢宝宝的对吗?

爸爸茧子拉长声调:不喜欢!

宝宝茧子要哭了:不喜欢就不要回来好了,妈妈去找你,我才不去找你哪!

外公茧子在一旁又插嘴了:大牙齿小牙齿,小牙齿大

牙齿,不要像我老头子落牙齿!

我忍不住破涕为笑了。

外公一共养了三个儿子一个女儿,虽然妈妈对他一点也不好,可他还是说女儿是贴心小棉袄,外孙女是更加贴心的小背心。

一样是爸爸,我爸爸为什么从来不说这样的话呢?爸爸老觉得我太像妈妈,不像他那么好看,其实仔细看我的眼睛还是蛮像他的呀。

妈妈打电话来说,看哪天有空她就回来接我到镇上去,李老师那边房间都给我准备好了。

我还犟着不肯去。

妈妈在电话那头大喊大叫,"宝宝,你要气死妈妈对不对?你们大大小小,老老少少,就没一个让我好过的!"

我扔了电话就跑。过了一会儿,外公又来叫我听电话。

我磨磨蹭蹭过去,先把话筒放在离耳朵一尺远的地方,传来妈妈软声软气的声音:"宝宝啊,有李老师照顾你,读书生活都会比乡下好,爸爸妈妈放心了,就能多赚点钱,将来我们一家都能到城里去过好日子,好不好?"

"去吧去吧,小孩怎么能拗过大人呢?小孩子都是不能做自己主的人。"外公也在一边劝我。

放下电话,我就去找桑桑了。

我们俩背靠着蚕房的墙壁依依不舍话别,我把粉红的短发的桑桑茧子送给了她,桑桑拿去,小心翼翼套在食指上,对着我钩钩手指,一副很欢喜的样子。

桑桑点点自己的胸口,咬着我的耳朵说:"保守秘密!"

我马上明白了,呵呵,成人礼上的我用力闭闭眼睛:"嗯哪!"

桑桑说:"一个人也不许告诉!"

我用力点头:"嗯哪!"

轮到我咬着桑桑的耳朵问:"你碰到过的,什么感觉呀?"

桑桑有点脸红红:"哎,像一小团棉花,软乎乎的,宝宝你呢?"

我"咯咯"笑了,"我追你玩的时候,就看见两头小兔子在乱跳!"

我们一起咯咯傻笑起来,一会儿两个人额头抵着额头,手上,宝宝茧子也紧紧贴着桑桑茧子。

　　桑桑说:"这边有什么事情了,发生什么变化了,我保证第一个写信告诉宝宝。"

　　我说:"我保证一辈子不忘记桑桑,就算交了新朋友,桑桑也永永远远排在第一个!"

　　桑桑说:"拉钩!"

　　我也说:"拉钩!"

　　宝宝茧子桑桑茧子紧紧钩在一起,一起喊:"拉钩上吊一百年不变!拉钩上吊一百年不变!拉钩上吊一百年不变……"

　　两个小姑娘的眼里泛着无比真挚的泪光,在蚕宝宝一大片沙沙沙吃叶子的声音里,真的有一种海誓山盟的气氛。

　　善解人意的桑桑,慷慨大方的桑桑,可是不知道什么时候,宝宝把你给弄丢了。

　　我一回到家里的院子,就踮脚站到树上的鸽子笼边,把桑桑送我的一朵蚕花放进去。里面已经有一些小什物:穿针器,竹子绷箍,旧铜钱,和桑桑一起拍的大头贴,小发夹,假的珠子项链……它们都是我的宝贝呢。

　　晚上,我带着泪痕睡着了,半夜里起来小便,听见柴房里

窸窸窣窣的声音,似乎还听见外公在里面自言自语:"反了,又反了,老笨蛋!重来,重来!"

清晨,我从外公的房间到客堂到厨房找了一圈,最后推开稻柴间的门,"啊,外公,你扎一个晚上稻草干什么呀?"

"呵呵,"外公眼睛红红的,脸上却笑开了一朵花,一朵大菊花,"老了,反正也睡不着。"

妈妈说得对,外公有时候脑子是有点病!

早饭外公给我煎了荷包蛋,浇了鲜酱油,很过饭,我三口两口就吃掉了。吃好早饭,我解开辫子,走到院子里。

"过来!"外公拿着梳子早就等在那里了。

"外公,不要再梳反了喔!"我嘟嘟囔囔、拖拖拉拉走过去。

外公没说什么,他用梳子一划,很轻巧就分好了头路。我一愣,外公手指一钩一钩,很熟练地把一边头发分成均匀的三股,很快扎好了一根辫子,跟着三下两下扎好了另一根辫子。

动作很溜噢,简直和妈妈的手势不相上下。

不知道效果怎样,我半是撒娇半是命令外公:"镜子给我!"外公得意地把挂在墙壁上的镜子取下来,放到手里,喉咙好响喔:"宝宝,好好看看噢!"

我拿着镜子左照右照,露出不能置信的神情,转头看看外公。难道上次外公是犯糊涂吗?今天他梳的辫子水光溜滑,简直挑不出什么毛病来。

"保证好看的。"外公喜滋滋地喊。

我也笑逐颜开:"嗯,进步好大呀!"

外公无比幸福地笑了!

我晃着一对漂亮的辫子,一天心情不要太好噢。放学得早,我小鸟一样飞回家,和外公在饭桌上兴致勃勃打牌玩,桌子上有三摊牌,我和外公各拿了一把牌。

我观察着外公的表情:"哼哼,我知道大怪在谁那里。"

外公一副小气鬼的样儿:"我就是不出!"

"我不怕,我有炸弹炸你!"我威胁他。

外公念念有词,检查着缺少哪个花样的牌,一脸吃不准我的话是真是假。

妈妈突然十万火急冲进来:"宝宝,快点,妈妈带你到李老师家!"

我放下牌,措手不及站起来:"啊?"一转脸,猛然看见外公偷偷在翻另一摊牌,我急得大叫:"不许偷看!"

外公乖乖放下牌,站起来招呼妈妈:"吃好饭再走呀!"

妈妈一阵风一样刮进房间:"没空没空!人家李老师等着呢。"

我和外公重新落座,赶紧继续我们胜负未定的牌局。

一会儿妈妈就拎着一个大包出来,进院子发动电瓶车,催命一样叫我:"宝宝,走呀,走啦!"

"让我打好这副牌,我就要赢了呀!老K对要不要?要不要?"我对着外公叫。

妈妈气冲冲进来,抓起我的手往外拖:"宝宝你懂不懂事啊?妈妈送好你,还要赶回绍兴,店里一天不盯都不行!"

我手里的牌洒在地上,扭头喊:"外公帮我拣起来!外公不要偷看噢!"

外公捏着一把牌,没反应过来一样,孤零零、傻了一样站在桌子边……

一阵车子发动的声音,我的声音越来越远:"牌不要收掉,我有炸弹的,外公你有大怪也没用,你肯定输掉了……"

刚刚下过一阵雨的关系吧,田头和村口都很安静,妈妈骑着电瓶车载着我和行李,一路上忙不迭和村人打招呼道别。

"根发,陈阿婆,苗英嫂嫂,晓芸阿妹……长远不见

呀！"

根发伯伯问："搬到城里去啦？"

妈妈匆匆忙忙应了一句："哎。"

陈阿婆问："你老公生意做得好哇？"

妈妈打着哈哈："还好还好，就是忙不过来。"

苗英嫂嫂一脸羡慕："宝宝妈妈好福气呵，到城里做现成老板娘！"

妈妈很谦虚地说："反正乡下城里都一样要辛苦的。"

晓芸和我也是同学："哎，接宝宝一起去呵？"

妈妈勉强笑笑："先让她到镇上住一阵再说，你帮跟班主任说一声，我让她外公去办转学噢。"

车子突突地渐行渐远，我表情茫然，不停回头，看着熟悉的房子、熟悉的人、熟悉的桑树，一样一样地被抛在了脑后。

夏天，我离开了我出生的沈娄村。天刚刚下过雨，我有点喘不过气来。

妈妈心急慌忙把一切都打包带走，带不走的我，就要被暂时寄放在华镇。不管我愿意不愿意，我都要被带走的，小孩都是做不了自己的主的。后来我知道，其实比小孩更没有办法的，是大人。

no.5　妈妈你不要我啦

妈妈心急慌忙,电瓶车也跟着以飞一样的速度,在二十分钟内飞到了华镇,开到了妈妈的过房娘李老师家的天井。

我打量着对我来说还是陌生的环境:这是江南古镇上老街上的一家独门独院的两层老房子,门口搁着三只高脚马桶,其中一只崭新的红漆镶金边的马桶尤其醒目。

我跟着妈妈走进了里面,天井的墙角、屋檐下到处放着杂七杂八的东西,竹匾、晒的衣服、拖把……大家庭的杂乱一览无余。

李老师和我想象中的小学老师样子没什么两样,五十多岁,胸口挂着一副老花眼镜,抱着双臂,就是那种自以为有点文化又有点势利的样子。

"宝宝,过来叫小外婆。"妈妈一把把我拉到李老师面前。

我不喜欢她，第一印象就觉得和她亲不起来，"小外婆"实在叫不出口，结果身体扭啊扭，含含糊糊叫了一声："李老师！"

"什么话！"妈妈板脸了。

"算了，算了。"李老师把妈妈拉到一边，嘀嘀咕咕问，"快说说你去了以后老公怎样了？"

"宝宝爸爸最近生意有点起色，又雇了两个打工妹看店。"妈妈还是一脸忧心忡忡的样子，"我想想不放心，每天都要看牢他。"

李老师劝妈妈："男人的心是难看牢的，我教你呵，顶要紧是看牢他的皮夹子！"

妈妈恍然大悟的样子："过房娘，你讲得有道理，捏牢他钞票，我和宝宝就啥都不怕了。"

她们的话我似懂非懂，不过我也不要听懂，懂的事越多就越心烦。

正站在一边无聊又不安呢，一股臭烘烘的味道蛮横地窜进了我鼻子，我捏牢鼻子东张西望，寻找臭味的来源。

哈，很快找到了，屋檐下，一个一岁多的小男孩正坐在高脚痰盂上拉粑粑，不小心嘴巴里叼的奶嘴掉在地上，小屁股抬

高,离了痰盂,"啊啊啊"叫着想去拣。

我捏住鼻子慢慢一步步走过去蹲下来,刚帮拉粑粑的小男孩拣起奶嘴,半路里蹿出一个嘴唇薄薄的年轻女人,劈手把奶嘴抢过去,看都不看我一眼,冲着屋子里就喊:"林根,快点用开水泡泡奶嘴,毛头要哭了!"

我听见一个男人唯唯诺诺的声音:"来了来了来了!"

我和男毛头眼睛瞪眼睛,突然"哇"一声,毛头惊天动地哭起来——

"干吗呀?我又没扔炸弹!"我嘟囔。

女人推了我一把:"跑开,瞧你那样,我家毛头不喜欢你!"

后来知道那个薄薄嘴唇的女人是李老师的女儿闪闪,她也是这个家里对我最刻薄的人。

我的心里飘过一片厚厚的阴云:一位自以为是的老师,一股臭烘烘的味道,一个哇哇哭的小毛头,一个凶巴巴的女人……

我不喜欢这里,为什么妈妈问都不问一声,就把我扔到这里来了?以后的日子会不会很难熬呢?

听到妈妈发动车子的声音,我猛然醒来,追出门去。长

长的巷子里,我拼命追着妈妈车屁股跑,我绝望地叫:"妈妈,你不要我啦?不要宝宝啦?"

妈妈眼眶含泪,放慢速度,回过头来,对我挥挥手:"回去吧,宝宝,等妈妈接你去做城里人噢!"

"不要,不要嘛!"我又哭又叫,就像要抓住最后一根救命稻草。

李老师跟着追出来,捉住我的手臂。妈妈叮嘱她说:"过房娘,我家宝宝拜托你照应了!"

我眼泪汪汪,两只手被李老师捉着,只能不停跳脚,冲着扭头不看我的妈妈大喊大叫:"你不要我啦?你不要我啦?"

妈妈没有再回头,坚决地绝尘而去,电瓶车消失在巷子尽头,我被李老师拖进了院门。她的力气真的很大噢。

回到天井里,那个薄嘴唇的女人闪闪正在给她家毛头擦屁股,她促狭地打量了我几下,冲着李老师说:"讲好了,我不跟小乡下人合用一只马桶!她要用,到沈莲房间里去好了!"一边转头冲着屋子里面喊,"林根,再拿半张草纸,毛头拉肚子了,快点快点!"

我又听见一个男人唯唯诺诺的声音:"来了来了来了!"

　　李老师板起脸说:"晓得了!"一边扯扯我,"你把包拿好了,我先带你到房间。"

　　妈妈给我准备的包很重,我吭哧吭哧连拉带拖,跟在背着两手的李老师后面,一格一格挪上楼梯。木头楼梯已经很旧了,被我的包压得咯吱咯吱响。

　　"当心木板被你拖坏掉!"李老师站在比我高几级的楼梯上,在她那张像刷了一层糨糊的居高临下的脸上,我无论如何也看不出一点点小外婆的亲切,她只是妈妈的过房娘,我只是寄宿在她家的一个小乡下人。

　　李老师给我准备的小房间在二楼,四周贴着那种绿色花花的墙纸,写字台和椅子放在靠窗的位置,一张漆成熟透草莓的那种颜色的小床顶在房间最角落里,旁边还有一台缝纫机。

　　门背后挂着抹布,墙角倚着扫帚和簸箕,李老师关照了一句,"以后每天自己要扫地擦桌子,十三岁了,应该会做了。"就下楼去了,留下我坐在床铺上一个人发呆。

　　太快了,我像在做梦,刚刚还在和外公打牌,我手里捏着一把Q炸弹洋洋得意,正准备把外公的大怪炸掉,哗啦,就被一个浪头卷到这个完全陌生的地方,对着一个刻薄的年轻女人

一个冷淡的老女人。

她们看起来一点也不喜欢我,我也不要她们喜欢,从我第一眼看到她们起。

她们一个脸上没有笑容,一个脸上的笑容好像是粘上去的那样假假的。

我不习惯这里,哪里也比不上我家好,院子里的鸽子笼里有我喜欢的宝贝,饭桌上摆着随时可以玩的扑克牌和飞行棋,还有房间里那只总是刷得干干净净的高脚马桶,每次拉上布帘子,一屁股坐在上面真是好舒服好轻松呵……

喔,喔,一阵感觉涌上来了,我像无头苍蝇一样找着一样东西,门背后、桌底下、三门橱旁边,没有、没有,都没有!我又跪到地板上,满怀希望地掀开床单,唉,床下只有一红一绿两只塑料盆。

我走到楼梯口,刚踩到第一格楼梯,"咯吱"一声,就把我吓回房间。

我跪在写字台边,从窗口探出脑袋,看见院子里只有闪闪一个人,面无表情地洗着毛头的尿布。

我在房间里憋啊憋啊,越来越胀越来越疼。我背着双手蹲下来,孤单无助地在床铺上跳跳跳,以前不知听哪个同学说

过，兔子跳可以减缓一阵比一阵紧迫的尿意。

我恨自己已经十三岁了，如果我只有三岁，我尽可以浑然无知，想哭就哭想小便就小便，不管在什么地方。

肚子又咕咕叫起来，一方面空得胃疼一方面又胀得难受，宝宝啊宝宝，我已经看到了你的悲惨下场，不是在这里饿死，就是憋死！

眼泪大颗大颗地淌下来，门突然打开了，天使出现了——

她眼睛大大的，拿着一只崭新的高脚痰盂，一步一步走近，轻轻搁在了床后边。

天使开口说话了，她是这个家里第一个喊我名字的："宝宝，快点，小便不能憋的！"

她动作轻快地闪出去，不忘记把门带上、关紧。

我终于如释重负，从里到外无比轻快，一眼瞥见窗台上搁着一串陶瓷的风铃，忍不住走过去，拎起来端详了一会儿，然后把它挂在床边，轻轻拨一拨，"天天天蓝"四个字活蹦乱跳起来。

"我听见声音了，猜我可以进来了。"她第二次进来，我的脸红了。

刚刚自己憋得太厉害了,小便的声音肯定又急又响。可她笑着指指窗边那一串风铃,"真的很好听呀!"

她走到床边,自自然然端起痰盂,我慌忙跳过去,"不要你、你什么……我自己倒!"

"我婆婆到杂货铺去买马桶了,有一个多钟头了,还没回来,她喜欢讨价还价……噢,对了,我知道你叫宝宝,我嘛叫沈莲。以后宝宝想要什么就跟我讲噢,人不能被尿憋死啊,呵呵呵呵……"她的笑声又清又亮。

"嘻嘻嘻……"我也跟着轻快地笑起来,沈莲是我在华镇上遇到的第一个天使,在她面前,我也可以尽情笑着不在乎露出我的大门牙。

第二天清晨,我起床,老房子的隔音效果很差,不用竖耳朵,就能听见李老师家的天井里一团忙乱。沈莲在水龙头边刷牙,嘴巴里含着水,口齿不清地喊着睡懒觉的老公快起床。闪闪在叫:"毛头牛奶热好了哇?"她家老公照例唯唯诺诺应着她:"来了来了来了!"

一阵杂乱中,李老师的声音突出重围,直指我的房间:"快点下来,上学要迟到了!"

我没有应她,我正手忙脚乱在处理一件事情,不搞掂的话,我是绝对不能出门的。

"还不下来,要请你几遍啊?"李老师在发脾气了,"小姑娘在搞啥名堂经?叫你吃早饭不下来,读书时间到了还不下来!"

"噗!"沈莲吐掉嘴巴的水,"妈,我去看看!"

沈莲推开门的时候,我正对着镜子不停又压又揉一撮翘起来的刘海。在新环境里我又睡相不好了,头发睡得乱七八糟,叫我怎么有脸出门,有脸去见新同学啊。

"这样没有用的,跟我来!"沈莲对我招招手,飞快地拉着我下楼进厨房。

沈莲拿出她的洗脸盆倒了点热水,拧了一把热毛巾吹了吹,递给我,"压压,用力!"一股热气冒上了我的额头。我咬咬牙,用力摁上去,沈莲的手再压到我的手背上。她看着我,露出天使般的微笑,好像在说:"宝宝,我们一起用力!"

"好了好了,差不多了差不多了!"李老师一直不停在催。

我慢慢移开毛巾,屋子里所有人都看着,连闪闪也放下毛

头,从天井往里面张望——

唉,那一撮刘海还是顽强地从热毛巾下面弹了出来,继续翘得老高老高的。

李老师把毛巾往盆里一甩,拉起我往外走:"就这样了,没关系的!"

我一直被拖到门口,用手扳着门框,立地生根一样定在那里,死也不肯出门去。

李老师拉不动我,气咻咻地说:"哎,你没户口,好不容易给你搞了个借读,为了一撮刘海,第一天你就要旷课啊?"

"翘起来嘛就翘起来了,就是不翘起来,我看你也好看不到哪里去呀。"闪闪也在一边阴阳怪气打击我。

我的眼睛闪着泪光,继续死顶在那里,我就是不能在镇上的新同学面前出丑。

一阵楼梯响动,沈莲冲了下来,举着一罐摩丝:"宝宝,眼睛闭起来!"

我闭上眼睛,额头还冒着热气,两滴泪珠滚呀滚呀滚下来。

沈莲对着我"吱"喷了一下,用梳子梳了几下。

我睁开眼睛,听到她如释重负的欢呼:"好啦,这下摆平

啦！"

　　她轻快地拍拍我的屁股，像拍一个小马驹："宝宝，快去上学！"

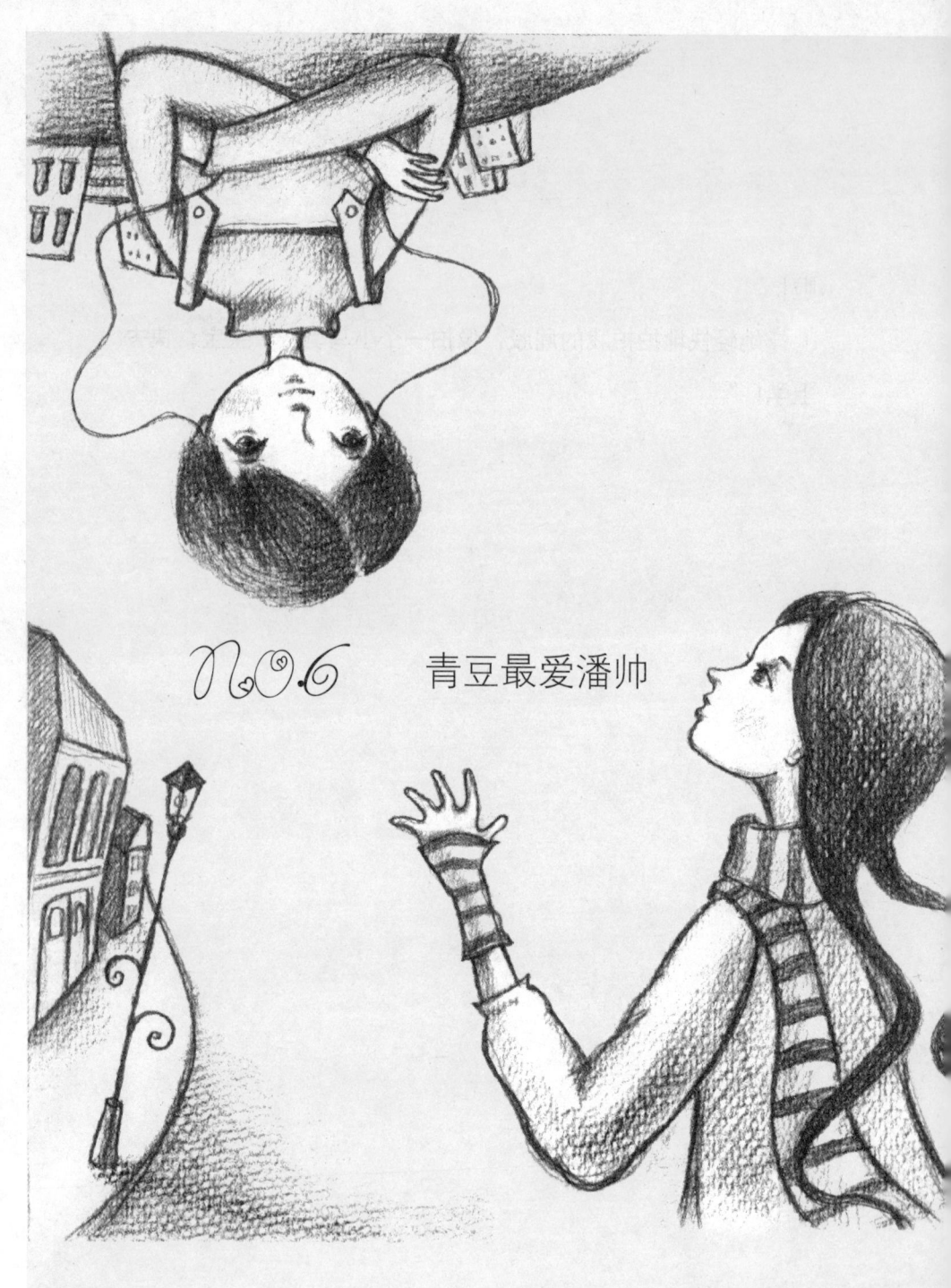

NO.6　青豆最爱潘帅

　　我作为插班生走进镇上中学初一（2）班教室，站在讲台前面，刚刚张嘴："我叫罗洁宝……"不好，下面就爆发出一阵大笑："哈哈，兔八哥，兔八哥！"

　　我搞定了我的翘刘海，可是搞不定我天生的那两颗显眼的大门牙。

　　教室里炸开了锅，一个矮个子的调皮男生配合着大家的哄笑，突然蹿出座位，两手一背，双腿一蹲，就地在走道里学起了兔子跳。

　　女生们窃窃私笑，男生们在前仰后合，唯一不笑的人是一个套着黑汗衫的高个子男生，他在不停地给小个子男生眼神暗示，那坏小子兔子跳得越来越夸张。

　　真是开局不利啊，我闭嘴，再也说不下去了。幸好老师用眼神镇压了笑声，拿一支粉笔交给我："这样吧，你到黑板上

写一下你的名字。"

我转身,一笔一画地写着自己的名字。粉笔在黑板上发出"咯吱咯吱"的声音,我的手紧张得发抖。

突然听到老师讲:"你写错了!"

我一惊,慌忙用手擦掉写好的笔画,重新小心翼翼一笔笔写、写,老师还是在说:"不对,不对!"

我捏着粉笔不知所措,我十三岁了,我承认自己有点笨,可是再笨也不会把无数次写过的名字写错啊。

天啊,我到底写错在哪里?我把求助的眼光投向台下的同学,那里只有一阵接一阵的哄笑。从昨天到现在,我就像从一个孤岛被扔到另一个孤岛,而且,这里没有人像沈莲一样给我抛救生圈了。

老师抽出我手里的粉笔,一笔一画重写"罗洁宝"三个字,嘴里絮絮念叨:"口字是先一竖再横折,不是先横折再一竖,笔顺不对,写字就怎么看怎么别扭,怎么看怎么不好看,顺序很重要的……"

原来笔顺不对也可以算写错字的,我有点傻了,不知不觉张大了嘴……

一个男生学老师的口吻:"怎么看怎么别扭,怎么看怎么

不好看!"

又是那个黑汗衫的高个男生,他依旧不笑,也没什么夸张的动作。可他的一举一动,好像都在暗暗控制着整个班级的人。不知怎么的,我很害怕他。

果真,底下又爆出一阵大笑:哈哈!他们都是聪明小孩,明显听出他是一语双关。

我深深受伤了,可是只能紧紧抿住嘴巴。

老师转头喝了一声:"张杰!"

老师指着一个空桌子示意让我坐那里,一边指指我同桌的位置问大家:"青豆呢?"

全班拉长声调回答:不—知—道!

我看见老师气咻咻地在名册上打了旷课的记号,示意我坐过去。

在陌生的教室陌生的课桌坐下,手脚不知道往哪儿搁,在台上憋了很久的眼泪眼看要流出来了,可是,暂停,暂停,我很快被课桌吸引住了视线,眼泪转瞬隐到了背后。

那绝对是整个教室最花花绿绿的一张桌子,台面上贴满歌星潘玮柏的粘纸,千姿百态,耍酷、耍帅、耍宝……桌子四边各画了一个大麦克风,各围着一圈圈简单的人头,桌子中间是

一颗心的形状,里面圈着一张壁虎的粘纸,下面用超细的圆珠笔抄着一段歌词。我眯起眼睛,一点点凑近、凑近——

是谁看扁了我没有观众/我自己第一个被感动……

左边的观众/右边的观众/对面的观众/有没有观众/请各位观众/做我的观众……

我和青豆的第一次见面十分戏剧十分火暴。

华镇西街是一条新街,开满了各种店铺,我一路找寻,来到一家建材店铺,有上下两层,店面里摆满各式各样的抽水马桶。

店铺门前围了一圈人,我探头探脑走近,拿出班主任给我的小纸条,对了对店铺的门牌号,对了,是我的新同桌青豆家的号。

店铺里怎么鸡飞狗跳的,楼上一个女孩大喊大叫:"我就要买就要买,没有我就一天也活不下去,可以吗可以吗……"

楼下坐着老板娘模样的中年女人,盘着头发,声音脆亮:"你寻死呵,不去读书,不下来吃饭。你跳,你跳,和电视里的小妖精一起跳好了,跳死掉我也不管!当初要是知道生下你这么个货色,先一屁股把你坐死!"

"窝里斗,母女俩在店铺上下对骂呢。"旁边有个阿婆对我说。

我动动脚指头就能猜得出楼下是青豆妈妈,那么楼上那个大喊大叫的女孩就是我没见过面的同桌青豆了。

看起来听起来都好凶好辣的样子啊。

青豆妈妈一边骂一边一转身对着来看热闹的人拉生意:"进来看看啊,今天瓷砖特价。"

我看呆了,青豆妈妈对着傻傻站在最前面的我招呼:"喂,小姑娘,进来看看,那只粉红的抽水马桶好看吗?还带烘干的,拉好大便草纸都可以省了!"

我脸刷一下红了:"不,我不买马桶。我是青豆的新同桌,老师让我把今天的作业带给她。"

青豆妈妈摆摆手,一副别提了的样子:"这个死丫头为了要买只MP3,闹腾一天了,现在又跟着电视里的狗屁歌星像抽筋一样跳舞。"

正说着,楼上的音乐声突然一下暴响起来,是潘玮柏的《决战斗室》——

这是我的节奏/规则由我来掌控/我只在这里/我的双手不会再闪躲/是你的捏走/而我接走自由/我绝对不会放手/

这是我们的气魄……

紧握灵魂的手/最后一刻战斗/黑暗恐怖之中/决战斗室只剩你我

跟着,楼板上传来像一百只猫在同时抓狂的蹦跳声。

青豆妈妈大吼一声:"青豆,你有完没完?"

我跟着怒气冲天的青豆妈妈上楼,看见一个圆脸粗眉的女孩捂着肚子在满房间青蛙一样乱跳,一脸痛苦的样子。

青豆妈妈惊慌失措扑过去:"死丫头,你真的寻死啊!"

镇上医院的急诊间里,医生和大人围着青豆十万火急问:"到底喝了什么,喝了什么?快点说,快点说好不好?"

青豆头冒冷汗,仍坚持和爸妈讨价还价:"我要买MP3!"

青豆爸妈一迭声答应:"买买买买!"

青豆说:"我、我要买三星的!"

青豆爸妈一迭声答应:"好好好,买三星,买三星!"

青豆又说:"不行,你们给我钱,我自己去买!"

青豆爸妈最后答应:"行行行,给你钱自己去买!"

青豆这才有气无力交代:"我喝了一口洗发精,是什么牌子的,我想想噢……"她摁着肚子在那儿转着眼珠,样子真的很好玩。

大人们着急地看着她……

"力士、夏士莲、海飞丝、潘婷……"我一口气报出了一串。

"对、对,是潘婷的!"青豆居然冲我竖起了大拇指。

医生松了口气,做了点简单治疗,再开了点催吐的药,青豆吃了,马上吐了,吐完了,抬头看我,对我做了个鬼脸,"谢谢啊,潘婷。"

我把作业塞到她手里,"那我走了。"

刚刚一团兵荒忙乱,我一直跟青豆他们到医院,是因为我只想着要把作业带给青豆才能走,虽然我有点倔,但我一直是很听老师话的乖宝宝。

青豆想起什么似的,一把拉住我:"喂,你得告诉你是谁呵,从哪里来的。"

"我是你同桌,我叫宝宝,从沈娄村来。"我小声地说话,注意把嘴巴张到最小。

青豆妈妈这时一块石头落地,脸上有点笑嘻嘻的:

"噢,那里人养蚕很有名的呀。"

青豆嘻嘻一笑:"你妈妈超级懒惰,养蚕宝宝就叫宝宝啦。亏得我不姓马,要不我老妈一犯懒叫我马桶啦。"

我被她逗乐了,不觉张大嘴巴哈哈笑了。

青豆也给自己逗笑了:"哈哈,哈哈,我怎么可能叫马桶呢?现在正正式式告诉你,我叫青豆,地球人都知道青豆最爱潘帅,不要跟我讲你不熟悉潘帅噢!"

我不好意思地摇头。

青豆做出要晕倒的样子:"我倒,全世界的女生都知道潘帅是宇宙超级无敌大帅哥!"

no.7　小姑娘嘴巴不是用来哭的

吃好晚饭，我趴在吃饭间的桌上做作业，李老师在一边喋喋不休地教育我。

"写字呀，就算天塌下来也要把手头的每一个字写完。"

"嗯。"我答应。

"我听说给你安排了个同桌，昨天吃安眠药寻死呵。"

"不是安眠药，是洗发精。"我纠正。

"啧啧，我去找你班主任，给你换位置吧。这种女孩子太吓人，会把你带坏的！""不、不用呀。新班级里，只有她一个人和我说过话。"我反对。

被我一顶撞，和颜悦色的李老师再也装不下去了，板起了脸："你自己想想清楚，近朱者赤，近墨者黑！"

做完作业，我继续到自己房间里挑灯夜战，上了一天课就

要背课文,天哪,万一抽到我……我可不想再出糗了。

我嘴里念念有词背着语文课文——

《风筝》 鲁迅

北京的冬季,地上还有积雪,灰黑色的秃树枝丫叉于晴朗的天空中,而远处有一二风筝浮动,在我是一种惊异和悲哀……

我不知道我会去哪里。也许十三岁就是一只风筝吧,要是没有大风,就只能在半空中团团打转。

我背啊背啊背啊,一直背到夜里十二点,终于完成任务!老天保佑,鲁迅保佑!

肚子一阵咕咕叫,我还从来没有预备功课预备得这么晚过。我轻手轻脚下楼,想到吃饭间找点好吃的。

走到门口,我忽然刹住了脚步。闪闪老公正站在碗橱旁边吃泡饭,呼呼噜噜,咀嚼得好带劲呀。我听得入了神,爸爸没到绍兴以前,每天做活回来,吃饭也是这么香这么响这么带劲的呀。

隔壁的毛头哭闹起来,闪闪尖尖的声音传来:"拿几块尿布要老半天啊!"

他立马放下碗筷,一迭声叫:"来了来了来了……"

唉,他可比爸爸好脾气多了,何止好脾气,简直是没脾气。

他前脚走,我后脚跨进。吃饭间幽暗的灯光下,水龙头在滴水,我悄悄把手伸进又大又深的碗橱,抓了一把花生,一阵烟溜上楼……

早上第一节课就是语文课,老师开始抽背课文,大家都低下头……鲁迅的文章很拗口,好在我昨天背到半夜,心里还是有点把握的。

我偷偷抬头,正好被老师看到,马上被点了名字:"罗洁宝。"

我一站起来,脑子登时混乱了,明明背过的课文,却背得结结巴巴——

"故乡的风筝时节,是春、春天二月,不对,是、是春二月,没有'天'这个字的。然后、嗯、嗯,倘使听到沙沙的风轮声,不对、不对,是倘听到沙沙的风轮声,抬头、抬头……"

老师瞥了我一眼,我更慌张了:"不对,不对,是举头、举头,不对不对,是仰头、仰头……"

"罗洁宝,你昨天完成我的作业了吗?"

"老师,我真的背了!"

"背呀、背呀……"

我方寸大乱,脑子一片空白,张开口,这下更完蛋,一个字也背不出来了。

底下早就笑作一团,张杰开始领头做怪腔:"抬头,NO!举头,NO!仰头,OH~YES!COME ON COME ON……"

顿时,我变成了一只立正站好的番茄,糗得不能再糗了!

放学以后,我抽抽搭搭躲在房间里哭:"我昨天晚上背到十二点钟,我明明已经背出来了。可是一站起来,不晓得怎么啦,一个字也背不出来了。谁都不相信我背过课文……"

好在这个家里,还有沈莲可以安慰我,她静静听我委屈地哭委屈地说,然后拿出一管东西,像口红一样旋出来,细细涂在我嘴唇上。

沈莲说:"宝宝,小姑娘的嘴巴可不是专门用来哭的呦!"

我擦掉眼泪,舔一舔嘴唇,问她:"咦,是什么东

东?"

沈莲拉我站起来:"别哭了,我现在带你去看!"

沈莲带我走到巷口的小烟纸店,门口一排玻璃糖罐里装着各种各样的糖,她对着糖罐子,一一指点给我看——

"喏,就是这种口红糖。吃的时候不要放到嘴巴里咬,要涂在嘴唇上慢慢舔,亮晶晶的、甜蜜蜜的,才好玩呀。喏,这是彩虹棒棒糖,味道一般般啦。不过无所谓了,有的糖就是看看也觉得甜啦!"

沈莲买了泡泡糖,我和她一起坐在烟纸店的木头门槛上,沈莲一边把泡泡越吹越大一边比画着自己的肚子。

我一阵惊喜:"啊,啊,沈莲你要大肚子啦?"

沈莲一脸欢喜地点头,大大的泡泡跟着颤巍巍地摇啊摇,"啪",泡泡爆了,沈莲脸整个被粘住了,我咯咯笑着替她清理着"白眉毛白胡子"。

沈莲一把抱住我,眉开眼笑:"宝宝啊,今天到医院里去检查了,我也要有个宝宝啦!"

我开心的笑容还没完全打开,转眼间看见沈莲脸色一变,猛然跳起,拖着我飞快地往家里跑。

一扭头,我远远看见有个年轻男人拖着脚步向这边走

来。咦,那不是沈莲的老公?

接下来的事情像电影里的快进镜头,沈莲从她房间里拿出一包东西,飞快塞到我房间的缝纫机桌肚里,然后奔回自己房间坐好,一边拍胸口,让呼吸尽快均匀下来,一边示意我和她一起继续嚼泡泡糖。

沈莲老公一进房间就东翻西找,先摸枕头,从背面翻到了几张五块纸币,他对沈莲鼻子哼哼:"这种地方,我闭着眼睛也能找到!"

他示意我站起来,站到我坐的凳子上,去摸结婚照背面,一会儿又得意地挥舞着一小卷十元纸币跳下来。

沈莲坐不住了,"呼"一下站起来:"不和你玩了,有本事你继续找去!"

她走了几步,纸币一张一张从衣服里掉出来。她浑然不觉,她老公亦步亦趋跟在后面捡钱,我睁大眼睛,忍不住叫起来:"掉了掉了!"

沈莲回头,忙按住自己的腰部。

她老公对沈莲一鞠躬:"谢谢你,老婆!以后塞在腰带里,记得要消毒啊,钞票是最脏的!"

沈莲也笑了:"还用你说!我自己忘记了塞过八十块在皮

带里,要不哪还有你捡钱的份儿!"

这一幕让我觉得好玩,所以跟着咯咯笑了。

沈莲老公呵呵笑着数钱:"都是五块十块,老婆,大点的票子,五十块、一百块的藏到哪里去了?"

沈莲摇摇头:"没有啦!"

"没有?"她老公根本不信,开始挠她痒痒,沈莲笑得直打战。挠着挠着,他不耐烦了,动作变得粗暴。

我害怕了,往自己的房间躲,沈莲一边笑一边含着泪花一边用拇指用力摁住嘴唇示意我千万要保密。

我抿紧嘴巴,用力点头。

"大白天的,这么闹像什么话?"李老师闻声进来,摸了几张纸币出来,沈莲老公一把抓过嘟囔着,"早点不拿出来,我翻本去了!"

李老师冲儿子的背影喊:"抢钱呀,告诉你,没有下次了!"

晚饭桌上,沈莲不停给我夹菜,自己胃口也很好,像什么事也没发生一样,吃吃讲讲。

闪闪家的毛头又在不合时宜地拉屎,闪闪把他连人带痰盂抬到天井,又冲着和我们一起吃饭的老公喊:"林根,你怎么

拿卷筒纸啊,这是擦嘴用的,擦屁股擦嘴巴你分不清楚啊?"

闪闪老公,那个老实男人在第一时间放下筷子,一迭声叫着出去:"草纸来了草纸来了……"

李老师看见女儿女婿都离开了,赶忙对沈莲说:"你也管管你老公啊。"

沈莲低头说:"我不会管人的。"

李老师心事重重地放下筷子:"唉,我儿子裁缝做得好好的,找他做衣服的踏破门槛。偏偏迷上麻将了,这下家里每一分钱都不太平了。"

想起刚刚的好笑场景,沈莲笑得喷饭,我也跟着哈哈笑。沈莲捏捏我还有点婴儿肥的脸:"你笑起来很好看呀,以后要多笑笑。今天谢谢你,宝宝!"

李老师不满地哼哼:"亏你还笑得出!"

沈莲吐吐舌头:"笑终归比哭好呀。"

晚上,沈莲到我房间里来,一张一张细细数着一沓钱,她想了想,又把身上所有的大钞都拿出来加进去,只留了几张十元五元的纸币放在身边,然后小心翼翼把这一沓包好的钱塞进缝纫机的桌肚。

她藏好钱,站起来,轻轻抚摸着自己的肚子对我说:

"这是我为肚子里的宝宝攒的钱呀。你也是宝宝,呵呵,宝宝替宝宝看钱,我最放心了!"

"嗯哪!我会帮小宝宝看好的!"我郑重其事地承诺。

沈莲眼睛闪闪地看着我:"宝宝的房间就是我的藏宝洞咯。我们约定好不好,每次敲门,要喊三声'芝麻开门',你才好打开门。现在马上试一下。"

沈莲撕了一片创可贴贴住一只眼睛,然后跳出门去,

一会儿,我听见敲门声,沈莲沉着嗓子叫:"芝麻开门!"

我马上打开门,看见一只眼睛的沈莲,马上吓得逃进屋里。

"我才喊了一下呀,不算,再来再来!"沈莲在背后连连喊。

N.O.8 那么就做死党好了

星期天,沈莲带着我一起到镇上转悠。

华镇是江南有名的丝绸之乡,两条主要街道西街和东街呈十字形交错。西街现代,瓷砖加铝合金卷帘门的商铺并列排开,还有时髦的衣饰店、音响店、快餐店,市面热闹。

我看见一家漂亮的礼品店,忍不住停住脚步张望。

沈莲说:"进去看看。"她拉着我进去,一会儿我们俩一人举着一支软软长长的铅笔出来,一边走着,一边把软铅笔拗成不同的造型玩。

我有一搭没一搭地听着沈莲说话,跟着想着自己的心事。

经过镇上中学的时候,沈莲把铅笔拗成心形,甜甜蜜蜜地对我回忆说:"他读高中时真的很帅,第一支口红糖就是他买给我吃的,只有七毛钱。我一层层涂在嘴唇上,然后问他,我

漂亮吗?"

我发愣了,不知道到了我读高中的时候,有没有人给我买糖吃呢?大概不会有吧?我吃糖的样子肯定很难看。

我们在一个路口拐入东街,东街古旧,保留着老镇的样子,冷清的杂货店、酱油店、豆腐店、煤饼站……还有坐在街边打瞌睡、打苍蝇的老头老太。

李老师家就在东街上,我们一路溜溜达达地走着,沈莲开始发感慨:"西街人用抽水马桶,东街人用马桶;西街人用煤气,东街人还用煤饼炉子呢;东街的人闲着,西街的人忙得要命,把最漂亮的丝绸运到上海去。"

经过一家裁缝铺,沈莲推推门:"他又没开门呀!"

她沮丧地把铅笔拗成叉叉:"小姑娘最好骗了,谁给她糖吃,谁给她好看衣服穿,她就跟谁跑了。"

我也在沮丧地想:我爸爸从来不担心我被人骗,因为我长得不好看吗?做不好看的小姑娘就这点好处吗?怎么想起来还是有点可怜呀?

我们继续走呀走,走过人声鼎沸的麻将馆,这是东街唯一热闹的地方。

沈莲又说:"人都是贪玩的呀,要紧的是要管住自己,管

不住了,就要吃苦头了。"

不知道在里面玩得热火朝天的沈莲老公可听到她的这番话?我有点迷糊有点晕,跳跳糖像可乐气泡一样在口腔里炸开,我叫起来:"噢噢,跳跳糖爆炸了!"

周一,如愿以偿的青豆毫无病容,脖子里挂着蓝色的MP3,神气地回到学校,在教室外的走廊,向我迎面走来。她走到我面前,一把钩住我的脖子:"喂,宝宝,我现在给你两条路,一条做死对头,一条做死党。"

我露出迷惑的表情:"什么死呀死的?"

"死对头就是把我喝潘婷洗发精的糗事讲出去,死党嘛就是这样交出一只耳朵!"青豆边说边把一只耳机塞进我的耳朵。一阵美妙的音乐漫过我的耳朵,是S.H.E的《美丽新世界》——

我喜欢自信的感觉/我看见你微笑像天使/这就是爱的奇妙

我愿意陪在你的身边/让心跳不会变老/欢迎来这美丽新世界/让感动一个一个实现……

"真好听呀!"我露出神往的神情,笑着露出我的大门

牙,"嗯,那么就做死党好啦!"

那天天蓝蓝的,风吹在身体上不冷不热,很舒服。我和青豆做了死党,从此有人陪我一起听歌一起走路!我们在一起,就是一个独一无二的小宇宙。有了青豆,我可以不怕全世界的风风雨雨,死党的力量就是那么夸张就是那么厉害!

MP3把我和青豆轻易地连在了一起,常常,我和青豆一人一只耳塞,两个人开始形影不离,连体宝贝一样在操场、教室、街上,在歌声里深一脚浅一脚走路,在歌声里想入非非。

我迷上MP3里各种各样唱歌的声音,孙燕姿的TWINS的王心凌的还有超级女声们……每一首都会触动我十三岁神经里某一处细微的感觉,微小的疯狂或宁静,欢喜或忧伤。

我想象着那些故事和画面,自己变成了各种各样精彩女孩演绎着自己从没经历过的故事,我长大成人的梦想变了,不是那个头上插满蚕花的像成人礼上的叶子那样的姑娘,而是MV里的那种活力时髦的漂亮宝贝一样的小姑娘,她们个个活泼飞扬,个个手舞足蹈,个个灿烂美丽。

可是我最多也只是停留在一个人闷头想的地步,青豆和我就不一样了,她就是一个什么也藏不住、敢想敢说也敢做的小姑娘。

我从来没有碰见过这样的小姑娘，讲话时昂首挺胸，两只手比画来比画去，特别神气活现。还特喜欢哈哈大笑，吓人一跳的大笑，外星人都能被她吓跑。

青豆和男生打赌要理平头，理发师说她头发太软了理不出平头，她只好罢休，不过头发从此平均长度再没有超过五厘米。

英语考试的时候，她对着选择题头疼不已："as、as怎么用啊？我真要被你这个小浑蛋搞死了！"我也不太懂，轻声对她说反正选项里有as的就选。

"对头！"青豆马上照办。

结果青豆拿到59分的卷子，破口大骂："这老太婆心肠太坏了！哪里不可以匀一分给我呢？"但她一点不怪我害得她那几道选择题都错了。

青豆最不讲理的地方，就是强迫我把她的潘帅粉丝简历背得滚瓜烂熟——

最喜欢潘玮柏哪张专辑:《壁虎漫步》

最喜欢潘玮柏哪首歌:《我的麦克风》

希望潘玮柏什么时候退出歌坛:直到他拿不动麦克风

要是你见到潘玮柏最想说什么话:玮柏，加油！

《不得不爱》《圆心》《爱上未来的你》《站在你这边》《我不怕》《壁虎漫步》

觉得潘玮柏的哪里长的最吸引人:嘴唇

你觉得潘玮柏和谁搭档最有默契:Selina（可口可乐的广告呀）

唉，当青豆开口说起她最爱的潘帅，半个地球的人都要闭嘴，她太吵了。她的嘴巴就像一个超级大市场，谁也不敢和她单挑。

无数次，青豆坐在课桌上，双腿在腾空荡呀荡，她的眼睛亮得像两个小电灯泡。嘿嘿，青豆的眼睛也是小小的，可是讲起她的潘帅，就突然一下放大放亮了，实在很恐怖很厉害的。

"我跟你们说，他有多帅，多有才华，你不知道我有多喜欢他，喜欢得要命！我做过一个梦，梦见他用摩托车把我带到游乐园，开得比飞机还快呢！"

"你累不累？"有女生皱着鼻子笑她。

"我才不累，我要帮你们看清楚真理，谁才是最值得崇拜的帅哥，要不就是你们的损失。以后要是想起竟然错过了潘帅，你们会恨我的。你们要相信我，我的眼光绝对没有错，所以我有责任跟你们说……"

她把潘帅的海报贴在床头,每天临睡前十秒钟,乱七八糟地祈祷:"上帝保佑我晚上梦见你吧,阿弥陀佛真主安拉……"

潘帅会花式篮球,青豆也要学球。她抱着球问我:"你知道什么是耍帅吗?我耍给你看!"她硬逼着我和她一起练习胯下运球,怎么也练不成功,还被旁边一帮打球的男生哈哈取笑:"喂,你们在打球还是蹲裆?"我又成了一只立正的番茄。青豆却根本不受打击,她不屑一顾地说,"切,要是真的帅,还用得着耍吗?要是不帅,怎么耍都没用。我们天生就是帅人,不需要耍了!"说完,篮球一扔,拉着我扬长而去。

这样的青豆,是怎么也不怕出糗的呀。和这样的死党在一起,我甚至也会又跳又唱了。

那天我和青豆一起在冷饮店吃刨冰,一人一只耳机听歌,我双唇只开一条缝,含糊地哼哼,青豆则跟着大声唱。

我们最近又一起迷上了TWINS,所以青豆对我说:"宝宝,不要哼哼,要唱,大声唱,和我一起唱,我们像她们一样唱!"

我笑笑:"我哼哼就足够了。"

比起青豆来,我的胆子没那么大,也没有固定的偶像,只

要好听的歌,我都爱听。我是那么喜欢每一首歌,它们调皮、温暖地钻进我的心里。我听得入了神,顺手拿起一瓶盐洒进碗,一口下去,登时晕了。

"宝宝,怎么变苦瓜脸了?"青豆紧张地凑过去。

我掐着嗓子:"咳咳咳,我把盐当白糖了。"

青豆马上从我碗里挖了一大勺刨冰,放进自己嘴巴。

我叫起来:"很难吃的!

青豆翻着白眼:"咔咔咔,有难同当!"

书看多了,所以变成书虫;话说多了,变成话匣子;电视看多了,所以变成土豆。和青豆在一起久了,宝宝的心里就只有一个死党了,甚至糊里糊涂背叛了桑桑。

就是在那天,我和青豆吃完加盐的刨冰,两个人的交情陡然又上升了一格。我们勾肩搭背地经过东街菜市,忽然那些摆摊的农民连生意都忘记做了,齐齐看着一对连体女生手舞足蹈地从他们面前走过,这里面就有桑桑和爸爸。

那对手舞足蹈的女生正是我和青豆,一人一个耳塞听着的《见习爱神》,听得忘乎所以,疯兮兮地跟着唱——

我想问见习爱神如何养成/爱上的他要怎样才不会再慢吞吞/我想问见习的爱人如何胜任/爱情的课程怎样得分

/这学问是否我没天分……

桑桑认出了我,又有点不敢认。她试探性轻声叫了几声:"宝宝,宝宝,宝宝……"最后连名带姓大喊一声:"罗洁宝!"

我似乎听见了,站住了,想回头,可是被连线的青豆一扯,不由自主被带着走了。桑桑伤心地看着我手舞足蹈越走越远。

后来我听说桑桑得了县里英语比赛第一名。因为她还发誓不再交死党,只猛记英语单词。只有英语单词背一个是一个,永远跟着她,不会背叛她。

NO.9 宝宝是龅牙是恐龙

也许是对我背叛桑桑的惩罚,第二天我就得到报应了。

在最严厉的数学老师的课上,她命令我们统统打开一课一练练习册,检查她昨天布置的作业。

我在书包里一阵乱翻,头上顿时冒汗了。

老师一排一排检查,离我的位子越来越近,我绝望地对青豆说:"死定了,我忘带了!"

青豆什么也没说,飞快地把自己的册子推到我面前。老师也正好走到我们桌边,看见只有一本练习册,用教鞭敲敲青豆的桌面:"你的练习册呢?"

青豆两只手插在裤兜里,满不在乎地说:"没带!"

"后面……"老师话才说到一半,青豆已经站起来,主动站到教室后面。

青豆看看吃惊的老师:"老师,我自觉罚站!"

　　我一脸惊慌看着她们,老师冷冷盯了青豆一会儿,"那你就站着好了,回去把练习册上的题目用两种不同的方法重做一遍。"

　　老师返身回讲台,课继续上,我几秒钟回头看青豆一眼,心里真是不安极了。应该是我站在那里呀,我的眼泪滴滴答答掉到练习册上。

　　青豆眼睛看着老师,嘴巴在动:"宝宝,你要敢把我本子弄湿,下课要你好看!"

　　下课铃一响,青豆故意装作咬牙切齿的样子扑向我:"你敢把我本子弄湿噢,现在要你好看了!"

　　我举起双手,"我认罚!"

　　"好!"青豆一跳坐到桌子上,"我们来玩石头剪子布,谁赢了叫对方干什么都可以!"

　　第一盘,我眼看着青豆要出拳头,硬生生把张开的手指缩回,变成剪刀,故意输了。

　　青豆凑到我耳朵边嘀嘀咕咕讲了几句,我傻了。啊,啊,她竟然要我去……

　　青豆对一个男生努努嘴巴,示意我好出动去兑现诺言了。

我苦着脸跑去对着那个男生,我最不敢惹的一个人说:"张杰,我是猪你知道吗?"张杰像打量神经病一样打量我几秒钟以后,转身走了。

青豆笑得东倒西歪。

我气咻咻走回去:"再来,石头剪子布!"

这回我是真的输了。

青豆坏坏地笑着说:"你再去和他说一遍'喂,我真的是猪呵'。"

我几乎哭着跑过去,拍拍张杰的肩膀,"喂"了一声就逃了。

张杰的声音追了过来:"我知道了,你真的是猪!噢,对不起,应该是猪扒!"一边做出龅牙的动作。

我的脸色登时变了,抽泣着快步走出教室,青豆在后面追了出来。

"你明明知道张杰老是喜欢作弄我。"我是诚心诚意要报答青豆,可她也不能这样作弄我呀!

"宝宝,对不起,对不起……"青豆不断赔罪。

"那你还要惹他?"我觉得青豆刚刚的举动简直不可理喻。

突然,青豆脸红红地低声说:"是我自己不敢惹他,可是又实在很想惹他。"

我注意到青豆不寻常的表情:为什么呀?

"他是很潘的男生噢!一样的单眼皮,一样好玩的表情,一样会耍篮球……"青豆的小眼睛又像灯泡一样发亮了。

我迷惑:"很潘,很潘是什么意思?"

青豆尖叫,举起拳头:"宝宝,你要死啊?跟我混到现在,反应还那么慢哦!很潘就是很潘玮柏很潘帅呀!"

"噢。"我这才反应过来,"听说张杰认了好几个妹妹呢。"

青豆又一脸满不在乎的样子:"那我就暗恋吧。哼哼,既然是暗恋,就暗恋一个帅的,反正暗恋都是得不到的,哈哈!"

看我还是闷闷不乐,青豆一把钩住我的脖子:"好了,别生气啦!我请你……上厕所!"

路上,青豆一反常态地不停和我咬耳朵——

"宝宝,你喜欢过谁吗?"

"我喜欢过桑桑。"

"切,不是女生,是男生!我喜欢张杰。"

　　青豆的话触动了我某根神经,我忽然有些难过,张杰对我那么坏老整我,可我突然发现自己很吃他那套。为什么青豆敢说她喜欢张杰,而我却不敢?为什么全世界的人都不是比我漂亮,就是比我勇敢?不是比我开朗,就是比我成熟?宝宝真是一个好惨的小姑娘呢。

　　我想了想,吞吞吐吐说:"我喜欢爸爸,不过爸爸好像不喜欢我。"

　　"为什么呀?"青豆很惊讶。

　　"我长得像妈妈。"我有点自卑地承认。

　　"那你爸爸也不喜欢你妈妈咯。"青豆心直口快。

　　"妈妈也不喜欢我,要不,她不会把我一个人丢在这里。"我更加沮丧地承认。

　　"没人管你多好呀,我眼红你都来不及!"青豆一脸羡慕。

　　"那你把妈妈给我!"我没好气地对这个没心没肺的家伙说。

　　"没问题,我妈妈会做菜,还会卖马桶,嘻嘻……"青豆大包大揽。

我比青豆先出厕所,我穿裙子,青豆穿裤子,我上厕所的速度一直比她快一拍。

青豆从厕所里出来,推推站在外边等她的我,可我已经没有任何反应。此刻,我正眼睛发直看着对着厕所门口的一堵墙壁,全是男生们的各种各样的涂鸦,连图带字——

李老师不还我《网球王子》就死啦死啦的!

王艳丽是个大叛徒!

胖墩像棵大白菜!

在中间最醒目的是大大的几排字,内容是初一十大恐龙,中间赫然有罗洁宝的名字,下面很夸张地画几颗大龅牙。

青豆叫起来:"哈,太夸张了吧。我们宝宝不是美女,也不是恐龙呀!"

那一霎,我受到致命性的打击,紧紧捂住嘴巴,蹲了下来,眼泪噼里啪啦掉下来,一瞬间哭得像世界末日来临。

先是爸爸嫌我难看,把我丢给陌生人不管了。然后是这里的男生,这样下去,全世界都知道宝宝是龅牙是恐龙,5555,我再也不想见人啦!

我戴着口罩走进教室,惹得别人纷纷惊奇地看我。偏偏语

文课上我第一个被提问。

老师问："请说出'有朋自远方来'的下句？"

我慢吞吞站了起来，躲在口罩后面不吭声。

老师瞟了我一眼："摘下来，现在又不'非典'。"

我不摘口罩，同时继续不吭声。

老师口气软下来一点："那就不用摘了，回答'有朋自远方来'的下句是什么？"

我沉默着，我知道老师就快冒火了，可我已经不怕了。

青豆不断提示我，音量越放越大："尚能饭否？尚能饭否？尚能饭否？"

老师听见了，叫她的名字："青豆，那就你来代她回答。"

青豆站起来，想也不想就说："有朋自远方来，尚能饭否？"

老师忍住笑问："为什么？"

青豆不知道自己错了，继续发挥："家里来了客人，当然要好吃好喝的招待了。我妈妈就喜欢问客人：吃饱了没有？再盛一碗，再盛一碗。"

结果在哄堂大笑中，我和青豆统统给老师赶去站墙角。

好不容易下课了,我戴着口罩,死鱼一样趴到桌子上一动不动。

青豆推推我:"喂,你没带嘴巴来啊?"

我就是不说话。等了一会儿,青豆把两只耳机都塞在我耳朵:"听呀,听呀,《黑色毛衣》,一个字,好!两个字,好听!三个字,真好听!四个字,太好听了!"一边说,一边偷偷地瞟了一眼不远处的张杰,那坏小子正好穿着黑色毛衣。

我没有反应,青豆继续添油加醋煽气氛:"五个字,实在太好听了!六个字,真他妈的好听!去掉一个妈字,我家宝宝是好女孩,不说脏字!喂,你耳朵也没带来呀?"

青豆一把拉掉我的口罩:"喂,你不是恐龙,你给我摘掉!"

我恨恨地重新戴上,青豆再拉,我再戴,表情固执得可怕,眼睛里有两撇泪光。

青豆一拍桌子冲到男生堆里:"喂,厕所那边的话,谁干的,有种给我站出来!"

男生们被震了一下,又集体起哄做怪腔:"哦哦,龅牙龅牙龅牙……"

当时我恨不得有条缝钻下去。

青豆跳脚大骂:"你们喊,有种你们再喊!"

青豆扫视了一圈,眼睛跳过几个比她高大的男生,忽然看到闹得挺凶的那个学兔子跳嘲笑我的男生金金,她掂量了一下他小小的个子,冲进男生阵营,只听"哗啦"一下,金金的铅笔盒给扔出了窗口。

青豆抱着双臂走回座位,金金突然伸出脚,她没有防备,当场跌了一跤。

青豆爬起来,正要干架,看到张杰抱着双臂站在金金身后,她缩回手脚,面不改色地从他们旁边走过去,一边嘀咕:"谁的猪蹄子那么长啊?"

NO.10 傻瓜的力量是无穷的

我觉得再也不能在教室里待下去了,哭着逃了出去。青豆不愧是我的死党,义无反顾追上来,我们在校门口站了一会儿,我迟疑着,不知道要到哪里去。

青豆搂着我的肩:"想玩什么,要吃什么,统统的我请!"她认真地盯着我看了几秒钟,"宝宝,你算不上宇宙无敌超级好看嘛,也不是宇宙无敌超级难看呀。"

我哭出声告诉她:"你不知道,我今天早上梳头发,一大把头发就掉下来。我真担心,龅牙的问题没解决,我又变成一个秃子,那样的话我干脆不要活了。我的烦恼还不够多吗?"

青豆安慰我:"头发这种东西绝对是掉不完的,而且还会一直一直长!"

见我还是高兴不起来,青豆叹口气:"宝宝,你还应该开心呀,至少他们还把你当个女生。我嘛,早就是男人婆了。你

知道吗，我小时候好胖，男生叫我肥婆，谁叫我就和谁打架。后来没人叫我肥婆了，改叫男人婆了，这下连上恐龙榜的资格都没有啦！"

青豆凑过来，对自己的脸指指点点："你看看，眉毛粗得要命，眼皮单得不能再单，还有塌鼻梁，墨镜也架不了……"

我伤心依旧："可是，可是你的牙齿比我整齐呀！我情愿拿别的和你来换！"

我们跷了下午的课，把西街上的商铺一家家逛过来。青豆要请我吃炸鸡腿，我不要吃，坚持戴着口罩，站在她旁边作壁上观。

吃完炸鸡腿，两个人继续瞎逛，我塌着肩膀，无精打采地拖着脚步。

青豆拍了我一记肩膀："会走路吗？像老太婆一只！"

"你告诉我怎么走？"我懒洋洋地说。

青豆双手一摊，抖肩、甩头、晃腰、有节奏地伸腿："要帅，要帅，像潘帅一样帅得一塌糊涂！"

我没心思，所以抢白青豆："我没觉得他帅，他帅在哪里，帅在哪里啊？"

青豆没生气，热烈地说开了："我们家玮柏呀笑起来好看

呀好看,像空气清新剂,牙齿那个白呀亮呀,晃得我眼睛都睁不开……"

"牙、齿!"顿时,我被触到痛处了,"我发誓永远不笑!"

青豆像没听到,她看见了对面书店,突然像抓到了救星一样,大叫:"宝宝,快看快看呀!"

我顺着她指的方向,看见橱窗里摆着一本书,封面上一个女孩正张大嘴巴津津有味吃冰淇淋,牙齿上银光闪闪。

下一秒钟,我们两个已经扑到了书店橱窗前,鼻子紧紧贴着橱窗玻璃,把那几个字牢牢地看进了心里——《小S的牙套日记》。

"戴牙套!"我和青豆一起叫起来。

我第一次看到了一条光明的出路,一把拉下口罩,和青豆拥抱在一起欢呼:"有办法啦!有办法啦!"

我好像已经看到了焕然一新的宝宝重新回到教室,对着所有同学灿烂一笑,露出贝壳一样整齐漂亮的牙齿,俨然一个明艳的美少女,不要说金金傻乎乎地张大了嘴巴,连张杰也被我电晕了喔。

我们兴奋地飞奔起来,穿越大街小巷,气喘吁吁直扑镇医

院，一路打听进了牙科医生的诊疗室。

那个鲁医生看起来有点粗壮，他一把抬起我的下巴："要装牙套？哦，是不是那种绑几根铅丝把长错位置的牙齿扳回来对不对？我搞得定的，先去挂号交钱！下一个。"

一个瘦男人战战兢兢坐上治疗专用的躺椅，表情像上刑场一样。

"鲁医生，动作轻点噢，是最里面的一颗牙！"男病人哀求兮兮地说。

我们听到坐在一边的两个老头在对话："看起来，又拔错牙齿了！"

"是呀，他刚刚告诉我上次这个医生拔到坏牙齿的隔壁牙齿了。像我这个，好牙拔掉了，坏的还在。"另一个老头捂住嘴。

鲁医生开始动手拔牙，"哇哇哇"，男病人发出惨叫。

我从椅子上滚下来，拉着青豆落荒而逃。

我们逃出医院，一起靠着医院的围墙大喘气。

青豆对我说："我觉得他一点也不像医生，像杀猪的！"

我拍拍胸口："我刚才差点毁容哦。

青豆安慰我:"嘿嘿,没有关系,宝宝你就当看了一场恐怖电影,免费的噢。"

可是一条路眼看被堵死了,我又重新陷入沮丧:"现在怎么办呀?"

两个人突然停止说话,同时朝一个方向看去,从镇东头,一个女孩用绳子绑着两脚,一跳一跳,满头大汗,像一只袋鼠一样从她们面前跳过去。

我小声对青豆说:"我好像认得她,是隔壁班上的。"

"她呀,因为走路外八字,被那帮杀千刀的男生起了个绰号叫鸭子。受刺激了,天天上学放学,坚持这样给自己矫正呢。"青豆比我更清楚她的底细。

我若有所思:"矫正!矫正!哇,"我兴奋地用力拍着青豆叫起来,"我也有办法了!"

我站在镜子面前,嘴巴张得大大的,用手指用力一下一下扳牙齿。我那样子,像一个傻瓜。没关系,我不在乎,就让别人当我傻瓜好了,傻瓜因为没有那么的理智,所以傻瓜的力量是无穷的。

青豆的嘴皮麻木一样上下翻动着:"990、991、992……

1000，耶！"

"下一个！"我丝毫不松懈，紧接着扳第二颗大门牙。

青豆仰面躺在我床上哎哟哎哟叫唤起来："你要累死我了，每只都要扳1000下呀。"

我特别肯定地点头："青豆，起来，帮我数数。"

青豆小和尚念经一样："1、2、3、4……"数着数着她睡着了。我就自己给自己继续数下去，终于又扳了1000下，我下巴酸手指酸，上气不接下气推醒青豆："怎么样？啊啊啊……"我张大嘴巴，眼巴巴看着青豆，"看得出效果吧？"

青豆横看竖看，实话实说："一点也看不出来。"

我一下子泄气了："啊？唉……"

青豆拍拍枕头，示意我也躺下休息休息。她凑在我的耳朵边上滔滔不绝讲开了："装牙箍最好到上海，上海的医生比较正宗。不过听说很贵很贵的。"

我惴惴地问："多么贵啊？"

青豆想了想："差不多四五千块钱吧。"

我倒吸一口气："巨款呀！"

青豆很严肃地补充："矫正时间也很长很长，要一年到三年。一开始，每个月都要到牙医那里去接受调整检查。还有还

有，装牙箍的那段时间，你还得做一头金属恐龙！"

青豆的话让我更绝望了，我一下泄了气，颓然倒在枕头上："妈呀，妈呀，妈呀！"

可是马上我又翻身坐起来，下定决心，排除万难一样坚决地说："要装，一定要装！要不，我死定了！"

青豆受了感染，也跟着一骨碌翻身坐起来："宝宝，我支持你！肯定有办法的！"

在没有想出更好的办法以前，我开始一分一厘攒钱。我下决心把每天早上一只葱油饼给戒掉！每天背着书包经过葱油饼摊时，一枚橙黄的小硬币在我的袋口滑进滑出，最后，还是回到袋袋里。

我也绝不放过每一次可能拣到钱的机会，每天低头盯着地面走路，眼睛探照灯一样扫来扫去，想拣到别人不小心从口袋里漏出的钱。

早饭钱、可怜的零花钱，还有极其偶然在路上拣到的几个从五分到一块大小不等的硬币，我统统怀着希望，虔诚地把它们投入储蓄罐。

这样过了差不多一个月，我把储蓄罐子里的钱统统倒出

来,纸币、硬币还有角子滚了一床。

"多少钱,多少钱了?"青豆在一边着急地等待答案揭晓。

我数啊数啊,数了又数,最后报出一个不太惊人的数字——三十五块三毛!

天,这距离五千块还有一段多么多么遥远的距离,就像从南极到北极那么远吧。照着这个速度攒下去的话,大概要攒到老太婆的时候才能攒够装牙箍的钱吧,那时候我都落牙齿了,还装屁牙箍呀!

好在一觉醒来,我总能再次振作起来,并且在绝望中又找到新的方向!

NO.11　牙箍发出神奇的光芒

那天中午,我到文具店跑了一次,花掉了三十五块三毛中的一小半。青豆看着我从包里掏出一沓又一沓文稿纸,眼睛都要发直了:"天哪,宝宝你要写多少字才能把这些格子填满呀?"

我深深呼出了一口气,说:"一本书那么多吧。"

青豆跳起来:"你要写书啊!"

我神秘且很兴奋地凑近青豆耳朵说:"对咯,写一本像《小S牙套日记》那样的书,一本书肯定可以赚好多稿费,到时装牙箍就没问题啦!"

青豆一拍桌子:"对呀,到时候不要说装牙箍了,就是每一颗牙齿都换成金牙,都没问题!"

我捂住嘴巴叫起来:"呀呀呀……谁要装金牙呀,难看死了!"

青豆又换了一个话题:"哎哎哎,宝宝,你的书准备起个什么名字呀?要嗲一点哦。"

我很笃定地回答她:"我想好了,叫《下一站天后》。"

青豆简直要崇拜我了:"哇,是写TWINS么?"

我顿时信心爆棚:"差不多啦,我就写两个一起听歌后来又一起唱歌的小姑娘,一个叫奶黄,一个叫蛋黄,她们特别特别要好……"

青豆马上投入了:"哈,那我来做蛋黄好了,你比我白,就是奶黄啦!"

我开始在那一厚沓三百格的文稿纸上热情万丈地写作。我每天都会读一点给青豆听,在我的故事里,两个不起眼的小姑娘变身超级明星组合奶黄+蛋黄派,而潘帅就是最宠爱她们的OBBA,教她们唱歌跳舞还有打篮球。故事的结局是奶黄和蛋黄在台上光芒四射,牙箍发出神奇的光芒,让台下所有的人看得听得如痴如醉,青豆一边听一边信手画图,她最最喜欢画的当然是潘帅了。

把梦想中的事情变成文字是一件超级爽的事,一点也不像写作文那么痛苦,我好像只要轻轻摇摇笔杆,那些字就像地下泉水一样咕嘟嘟冒出来了。

当那沓稿纸顺风顺水地被我差不多填满时,我和青豆一起到邮局去邮寄我的书稿《下一站天后——奶黄和蛋黄的故事》。

"我要买一只牢一点大一点的信封。"我踌躇满志,对着柜台里的那个阿姨说。

她头也不抬,丢出一张黄叽叽的牛皮纸信封。

青豆问她:"有没有再好看一点点的信封?"

她又丢出一张白色大信封。

"都不够好看!"我嘟囔着说,这两个普普通通的信封怎么衬得上我的《下一站天后》呢?

青豆掏出一支水笔:"看我的!"

"刷刷刷,刷刷刷,刷刷刷",青豆画了两个勾肩搭背的美眉,头顶着几个圆滚滚的字体——"下一站天后",寄信人地址一栏,她画了一个箭头指向"奶黄/蛋黄"四个字。

然后我小心翼翼把一厚沓写满字的文稿纸装进去,手指沾了一些糨糊,想涂到邮票上。

青豆拉住了我的手:"不要用糨糊,要这样,这样……"她用舌头舔舔一张邮票背面。

我马上会意,伸出舌头,充满爱意地一张一张邮票舔过

去，小心翼翼粘在信封上。一张一张邮票在信封背面拼成一个漂亮的心形，青豆封好信封口，嘴巴里念念有词。

过了一会儿，青豆张开眼睛，开心地叫："好啦，我已经对信封施魔法了！"

我亲了亲那个花花的厚信封，一脸郑重塞进邮筒投信口，然后和青豆手牵手走出邮局门口。

"你快点把字练练好噢。"青豆一路上这么叮嘱我。

"哦！"我很响亮地答应。

"会有很多人排着队等你签名的。"青豆很肯定地预告着。

"真的呀？不晓得什么时候可以出书？"我有点不能置信。

青豆大包大揽的样子："很快啦，不就是下一站吗，一眨眼就到啦。"

我和青豆成了学校收发室的常客，一有空就往那里钻，里面的老大爷对我们两张面孔都要看腻了——

"有我的信吗？初一（3）班罗洁宝。"开始的几天我总是充满希望。

青豆总是不忘记在一旁补充："或者，有寄给罗洁宝的汇

款单吗?"

可是老大爷总是只给我们干巴巴的两个字:"没有!"

"有寄给罗洁宝的信吗?"后来的几天我热情仍旧没有削减。

老大爷依旧干巴巴地回答我两个字:"没有!"

青豆依旧不忘记热心地补充加叮嘱:"那么如果收到汇款单一定保存好,要好多好多钱哪。"

老大爷根本不相信的样子:"谁给你们很多很多钱呀?"

青豆很拽地白了他一眼:"哼哼,反正有人!"

到了第三个星期,声音越来越小声,一次比一次沮丧:"有、有罗洁宝的信吗?"

老大爷头也不抬丢过来两个字:"没有!"

青豆不死心,再问一句:"真的吗?汇款单也没有吗?"

等了一会儿,老大爷的头从窗口露出来,和蔼地冲我们笑着:"今天连一块钱的单子都没有!"

第四个星期,两个沮丧的小姑娘只敢蹲在收发室的窗口下小声嘀咕了——

"汇款单还没到呀？"青豆也有气无力了。

我也灰心了，"我看是没有希望了，我的书肯定被编辑丢到垃圾筒啦！"

青豆凶巴巴地拍了一下膝盖："她们敢！"

"走吧！"我拉拉青豆，垂头丧气转头准备离开。突然，那个干巴巴的声音在我们头顶炸响——"哦，罗洁宝，回来！"

所以说人永远不能放弃希望，只要你坚持等待等待再等待，总有一天，那朵你盼望的云彩，会从遥远遥远的天边一个跟斗降落到你头顶上的。

我紧紧抱着一个厚厚的牛皮信封，盼星星盼月亮，编辑阿姨终于给我回信了！下午的最后一节课是数着秒钟过的，我和青豆一个字也没有听进去。我们一直忍着没有去打开那个厚厚的牛皮纸信封，只怕打开的一霎，那个天大的好消息，会让我们两个当场高兴得爆炸，影响周围同学的情绪安全。

总算熬到放学，我们一秒钟也没耽误，直奔我的房间而去，关上门，喘着气，小心翼翼把我们盼望已久的宝贝放在写字台上。

青豆对我晃了晃剪刀："我剪啦？"

我抓着喉咙口,觉得心都要跳出来啦。

青豆拍拍我:"宝宝,我也紧张的呀,你摸摸我心跳,就像老师要报出我成绩的前一秒钟呐。"

我跺跺脚,毅然决然说:"你剪吧!"

牛皮纸信封已经有点破了,所以外面拦了两道十字形的绳子,"啪嗒",青豆剪绳子的样子好有派头,简直像剪彩。

"快点快点!"我央求着青豆。

她继续剪开了信封口,里面露出厚厚一沓稿子,外边包着一张白纸。

青豆把稿纸丢在一边,翻来覆去看那张白纸,自言自语道:"这是编辑给宝宝的信吧,可是什么意思呢?"

我举着那张白纸,打开台灯,在灯光下把那张白纸照了又照,青豆凑过来,我们一起眯缝眼睛仔细地看看看。

"还是看不见呀?"我心急得不得了。

青豆推推我:"我有办法,你到下面打碗水上来。"

我从天井的水龙头里放了一碗水,青豆在窗口露出脑袋,"不行,不行,要舀井水!"

我眼巴巴看着青豆捏着白纸的一角,在一大碗井水里漂呀漂,一边小心翼翼往里面加紫药水、墨水,还有眼药水。

"真的有用吗?"我看着白纸一点点在变色。

"不相信我配的显形药水?"青豆有点不高兴了。

半个小时到了,青豆点了一支蜡烛,烘着白纸,一边喃喃祈祷:"快点显形,快点显形,我看见电视里的地下党员都是这么干的!"

我屏住呼吸,目不转睛观察着,青豆问:"看见了吗?近点看,近点看。"

我在纸的另一面越凑越近,突然脸上一阵灼痛,我"哇"地惨叫起来。

我伤心地站在镜子前,镜子里的小姑娘,两根眉毛不对称,大门牙依旧触目惊心。

青豆实验的结果是:字没看到一个,却搭进了我小半根眉毛。

我好笨,编辑根本就是懒得在退稿信上写一个字,哪还有别的工夫和我们玩显形药水那一套呀!

"快看!"青豆在稿纸里一通乱翻,从里面轻飘飘地掉出一张花花的小信纸。我拣起来,上面的字迹再熟悉不过——

编辑阿姨(叔叔、哥哥、姐姐一大堆):

展信乐百氏,甜到太平洋!

看到这一大堆东西时你们会很奇怪,我也知道我这个小倒霉蛋不会那么走运,被人嘲笑像我这种文字蛋白写出这种东西还想要出书,除非太阳从西边出来了。

那我就让太阳从西边出来好了,美国的太阳不是从西方升起来的吗?

我想出这本书,百分百为了完成我自己天天做梦都想的那件事情,这件事以后告诉你们可以吗?有点糗噢。总之,只有你们,可以帮我变成一个漂亮小姑娘。

要是觉得作业不合格,你们千万不要打个红叉叉,把它扔到废纸篓里,我会伤心的,青豆也会伤心的。她已经在很卖力地练字了,她说以后我出去签名不带她的话,就会死得很难看!求求你们还给我,我想把它当成一个美好的回忆……

十三岁的宝宝

青豆将功补过,飞快地跑去我房间对门搬救兵,老天保佑,沈莲正好在房间里,马上拿了她的化妆包来救命。

"难看死了,难看死了,像鬼一样!"沈莲进来的时候,我一边照镜子一边哭得好悲惨喔。青豆灰溜溜地靠在门背

后，一副知道自己错了任打任罚的样子。

沈莲绞了一把毛巾，帮我把眼泪鼻涕擦干净，然后从化妆包里取出黑色眉笔，开始轻轻给我画眉毛，一边画一边软声细语安慰我："宝宝，没关系的噢，在你没有长新眉毛以前，我天天给你画好了！不过早上要提早起来五分钟。"

我吸吸鼻子，乖乖回答："噢！"

只要不让我一副丑八怪的样子出门，早起五十分钟都没问题。

青豆慢慢溜过来，在旁边看着我们画眉毛，嘿嘿赔着笑："宝宝，我发觉比你原来的眉毛还好看呢！"

"那你也来画呀！"我白白眼睛。

"我那么粗，再画就成烟囱啦！"青豆叫起来。

沈莲一边画一边顺口说了一句："宝宝的小虎牙很可爱呀！"

我生气地跳起来："好看什么呀？你长几个试试看！"

沈莲叫："不要动，不要动！"已经来不及了，眉笔在我脸上这么一跳一抖。

青豆马上叫起来："歪了，歪了！"

"没关系的，"沈莲用面巾纸替我擦擦擦，"擦掉重画好

了,我马上画一根更好看的!"

唉,要是牙齿也像眉毛一样,可以擦掉重画,那该多好呀!

是哪个不负责任的家伙说"条条大路通罗马的"?我们想了多少办法走了多少条路了,不是碰一鼻子灰就是摔得鼻青脸肿。

我和青豆一筹莫展坐在她家建材店的门口,在那里长吁短叹。

"我这辈子也装不上牙箍了!"我绝望得要喊。

"不会的!"青豆说。

"会的!"走投无路的我开始烦躁。

"只要赚到钱,你马上可以牙箍,马上可以来个美眉大变身!"赚钱,我们有什么办法赚钱呀?青豆的话等于废话。

"三支笔芯、十块钱文稿纸、八块钱邮费,还搭上了半条眉毛!"我扳着手指,伤心又灰心。

"再动动脑筋,我就不相信没有办法了!说不定、说不定

我们马上可以拣到一笔钱呢。"青豆想入非非了。

我嘲笑她:"做梦吧!"

正说着,一个长着奇怪的凸下巴的中年男人夹着一只皮包进店来了,我们不知不觉忘记了说话,一起转过头去看他。

青豆妈妈笑着迎上去:"哎呀,先生,你走对人家了,我们这里的马桶品种最全了,这种带烘干粉红的,用完了马上帮你冲干净,草纸都省了,卖得很火呀……"

凸下巴在店里转来转去:"我要颜色特别点的!"

青豆妈妈大包大揽:"没问题!先生要什么颜色的?"

凸下巴描述起来:"要大红颜色的,镶金边的……贵点没关系!"

青豆妈妈手脚利落地取出产品样册,一边翻一边在上面指指点点:"大红的,啊呀呀,太俗气了吧?我跟你介绍一种紫酱红的,很高贵的,或者玫瑰红的,多浪漫呀……"

可是凸下巴马上打断她:"一定要大红的,镶金边的。你看看我们家的卫生间就知道了,那是相当的金碧辉煌!"

我自言自语:"大红色的,镶金边的?"

青豆猛然想起,我和她对看一眼,异口同声叫起来:"沈莲!"

青豆拉着我一跃而起:"嘿嘿,宝宝,钱自己找上门来了!"

我们看着凸下巴有点失望地走出店,青豆妈妈看着他的背影嘀咕了一句:"暴发户!"

我们悄悄跟着那个凸下巴的男人在西街上走呀走,我们一直在拉拉扯扯,互相推搡,争论着谁先上去开口和他说话。

青豆拗不过我,到了大街拐弯的地方,她终于大着胆子喊了一声:"先生,你说的那种马桶,她家有的!"

凸下巴马上转过身来,疑惑地问:"大红颜色的,镶金边的?"

我热烈地点头,脸都兴奋得红了!

"多少钱?"他显然是真的想买。

我一时愣住,张口结舌的,不知如何开价。

青豆连忙说:"先生等一等噢,我们先问问家里的大人。"她装作打电话的样子,把我拉到对面的一家食品店门口。

我们两个小声商量起来。

我有点六神无主,怯生生说:"一百、二百?"

青豆家到底是做生意的,她皱皱眉头:"太便宜了,至少五百块吧。"

然后我躲在青豆后面,青豆对着凸下巴伸出五个手指,一边说:"她家只有一只这样马桶。"

凸下巴皱皱眉头:"要五千块啊?有点贵啊,不过看在只有一只的面子上……成交!"

青豆和我都呆掉了,以为自己耳朵出毛病了,傻站在那里。

凸下巴又说话了:"今天我没带那么多现金,告诉我她家的店开在哪里,明天我来付钱取货。"

青豆踢了我一脚:"地址,地址……"

我如梦初醒,可是大脑居然一时短路,结结巴巴地说不清楚李老老师家的门牌号码:"东街袜子弄……嗯、几号、几号呢?"

青豆眼珠一转:"先生,应该我们送货的,要不告诉我你家地址……"

凸下巴留下地址后走了,哈哈,天底下还有这样的冤大头?花那么多钱只为买一只大红镶金边的马桶?

我们努力憋住内心的狂喜,一前一后走到一条无人的小巷

子里。

我一把拉住青豆,"你咬我一下,我不是在做梦吧?"我简直不敢相信自己的好运。

青豆特别得意:"嘿,这叫心想事成、美梦成真!"

我激动地抱住青豆:"你刚刚卖马桶的样子帅呆了!"

青豆也激动死了:"我妈妈卖马桶厉害到人家看到她,不想撒尿的也会买一个回去撒撒。嘿嘿,可是我比我妈还强呀!"

两个开心得简直要爆棚的小姑娘不知道怎么才好,青豆说:"哇噢,跳舞、跳舞,好好庆祝一下!"

华镇上有练歌房,可那不是我们能去的地方。不过,没关系,我们有自己的"练歌房",就是东街尽头的老戏台。

老戏台已经有一两百年的历史了,现在没有人听戏了,老戏台也废弃了好久,冷冷清清的,根本没什么人去那里。

青豆手臂一撑,跳上戏台,开始一个人跳,就是电视里那种街舞的动作。她的动作很走形,可是手脚很放得开,老旧的戏台地板咯吱咯吱响。

台下,只有我一个人给她鼓掌。

青豆对我嚷着:"宝宝,你等着把,我会做一个很厉害的

Hip – Hop女生，专门给潘帅伴舞！"

跳着跳着，青豆跳到戏台边上，俯下身，把我拉上了台，她用手把挡住我眼睛的刘海拨开，指着被太阳照得白花花一片的台面大声说："宝宝，看到了吗，那是我们的舞台！哦哦哦，奶黄，哦哦哦，蛋黄，哦哦哦，下一站天后！"

我被青豆拉着拖着，一开始跳得很笨拙，像只小鸭子，像一头小笨熊，可是渐渐地越来越兴奋，越来越投入——

哦耶哦耶哦耶，少女明星组合奶黄蛋黄，装着亮闪闪的牙箍，在台上光芒四射又唱又跳，牙箍发出神奇的光芒……

我跳着笑着也想着，蛋黄，奶黄，我们像吗？我们一点也不像。我们没有血缘关系，可我们是心心相印的死党，互帮互助的死党，一起伤心也一起开心的死党，祝我们一路快乐走下去好吗？

世界上终归要有些东西让我们心甘情愿地去相信，即使不是真的，只要我们一万个愿意，只要我们一亿个愿意，它就是真的啦。

第二天清晨，天蒙蒙亮，李老师一家还在睡梦中，我悄悄下楼，穿过天井，推开门，东张西望一番，然后悄悄把沈莲的红漆新马桶吭哧吭哧抱了出来。

青豆已经等在巷子口了,我们一人拎一边。兴奋地上路啦。

"我昨天骗沈莲我房间里的马桶坏了,要借她的新马桶,她好大方呀,想也不想就送到我房间里来了。"我有点内疚。

"没关系呀,你装好牙箍,再攒了钱买个更大的送给沈莲好了。"青豆说。

走着走着我苦了脸:"青豆,我想小便了,憋了一个晚上没敢用新马桶!"

"屏一屏,前面就有厕所!"青豆加快了脚步。

"还有、还有几步路呀?"我急得都龇牙咧嘴了。

凸下巴男人住在镇外一幢很气派的洋房里,我和青豆差不多摁了一百下门铃,他才穿着睡衣来开门。一大早被我们弄醒,他显得很不高兴,等看到我们送来的货色,他就更不高兴了,一挥手就要赶我们回去。青豆不干,哇啦哇啦和他吵起来了——

"先生,你怎么说话不算数呀?"

"我要的是抽水马桶!"

"你昨天只说要大红颜色的,镶金边的,你就出五千块买

下来!"

"我有病呀,五千块买这种破马桶?五十块都不要,快点拿走,我还要睡觉!"说着,"嘭"把门关了!

我和青豆一人站在马桶的一边,沉默地呼呼地喘着气。

"我们好傻,又一脚踏空了!"我备受打击。

"宝宝,都怪我自作聪明!"青豆懊恼极了。

"青豆,我害怕呀,要是被李老师发觉了我们偷沈莲的马桶……"我哆嗦了。

青豆一拍脑袋:"哎呀,乘她们还没有起床,我们神不知鬼不觉送回去,快跑!"

我也一拍脑袋:"对啊,快跑!"

我们原路返回,一路跑得跌跌撞撞,一路跑得气急败坏,一只红色马桶在两个人中间摇晃得咯吱咯吱,场面慌乱又搞笑。

我一直在想:完了完了,李老师要起床了要起床了……

跑到李老师家门口时,我脚一软,一失手,马桶滚得远远的,我和青豆一起扑倒在地,呼哧呼哧狂喘气。

"谁啊?"李老师打开天井门。

青豆和我一起撑起身体,对着李老师咧咧嘴,挤出一个笑

容:"我、我们把沈莲的马桶洗干净了!"

李老师把马桶扶起来,冷冷地说:"洗得再干净也没用了,马桶被你们摔坏了!"

还好,上次做显形药水,青豆没有大手大脚把紫药水统统倒光,让两个残兵败将躲到房间里的时候,还有药水可以疗伤。

两个可怜的小姑娘互相给对方的手掌涂紫药水,一边都疼得嘴巴里咝咝咝的。

"好倒霉噢,还是被李老师骂一顿。"一直信心十足的青豆终于沮丧了。

"我们把新马桶摔坏了呀!唉,为什么不把我讨厌的龅牙一起磕掉呢?"

"宝宝,别泄气,其实还有一个最最简单的办法!"青豆真是永不言败。

"还有什么办法?"我有气无力的。

"你干脆打电话问妈妈要钱!"青豆眉毛一扬。

"行吗?"我从来不敢往那儿想。

"绝对行的。我有经验,我爸我妈做生意没空管我,只要

我不烦他们,我随便编理由要钱他们都给的。"

看见我半信半疑的样子,青豆一把抓起我:"今天放学跟我回家!"

"干什么去呀?"我疑疑惑惑。

青豆目光闪闪,"看我怎么搞定老爸老妈的。"

NO.13 青豆不要忘记我呀

  青豆拉着我一起走到她家门口,一边对我挤眉弄眼说:"宝宝,看我怎么向老爸老妈讨钱,很容易的,一讨就讨到了。"

  我们进门,房间里摊了不少行李,有点乱糟糟的,青豆爸爸妈妈正在收拾东西,一边商量着什么,看起来脸色很严肃。

  青豆拉着我跨过地上堆着的行李,她对爸爸妈妈经常出外进货谈生意已经习惯了。

  青豆径直拉开冰箱门,从果蔬箱里拿了两只大苹果,一只递给了我,自己咔嚓咔嚓咬起了另一只,大大咧咧地说:"爸妈,后天是我的阴历生日记得吧?你们也不用给我买蛋糕了,钱直接给我,我请同学吃海鲜比萨去。"

  "我们要离开镇子了!"青豆妈妈头也不抬地说。

  青豆来劲了:"要到哪里去呀?这次带我一起出去玩玩

吧？噢，我要读书，还是你们去好了，把生活费留给我就好了。"她对我挤挤眼睛，那意思就是马上要大功告成了。

"你跟我们一起走！"青豆爸爸的脸上一点笑容也没有。

青豆停止咬苹果，睁大眼睛问两个大人："什么意思？"

青豆爸爸吼了一声："没别的意思，爸爸破产了！"

青豆妈妈开始哭起来："青豆啊，爸爸的歌厅被封掉了，这家建材店赔进去也不够呀，马上要有好多人上门来讨债，我们要到别的地方重新来过。"

青豆的苹果掉在地上，大吼一声："我不走！要走你们走好了！"

我张大嘴巴，吓一跳，苹果从嘴边掉下来。

两只缺口的苹果，我的，青豆的，滚到了一起，屋里更显得狼藉一片。

我抱住青豆的肩膀，可她把我甩开了，我眼泪汪汪的，不知如何是好。我不怪青豆，我知道她是心烦意乱，我只怪自己，青豆有事的时候，我为什么不能像她帮我那样来帮她呢？

宝宝是世界上最没有用的小姑娘吧?

我悄悄从乱成一团的青豆家撤退,背后传来她爸爸的声音:"宝宝,如果你是青豆的好朋友的话,就不要说出去啊!"

我使劲使劲地点头!

我的心怦怦跳着,溜到青豆家外的公用电话亭,小心翼翼一个一个摁号码。

一听见妈妈的声音,我的眼泪就迸出来了:"妈妈,妈妈,你们会不会破产?会不会?会不会……"

"是宝宝吗?你这孩子突然发什么神经呀?店里有客人来了,妈妈要做生意去了,挂啦挂啦……"

我放下电话,妈妈语气是不耐烦,可她不是忙着在做生意吗,那就没有破产呀,一颗悬起的心重重放下了。我拍拍胸口,自言自语:"哎呀,可是忘记问妈妈讨钱装牙箍了。"

第二天,青豆没有来上课,她妈妈自己打电话来向班主任请假说青豆病了,可我知道不是。

我一个人孤孤单单坐了一天,一节课坐青豆的位子一节课坐自己的位子,就这样,在轮换交替中,一天好歹过去了,

我飞一般冲向青豆的家。远远就见青豆妈妈点完了薄薄的一沓钱,然后不停赔着笑送走一个中年男人。

我跟她到了她家屋子,哗,简直像变魔术一样,一天工夫不到,屋子里的东西都变没了,整个空荡荡的。

青豆在那里气恼地叫:"干吗连我的新床也搬走呀?"

青豆妈妈好声好气劝她:"让你表舅舅搬掉,好过给那些债主搬走,终归还可以抵点钱呀。"

青豆不管不顾,继续在那儿吼:"那我睡哪里呀,睡地板吗?"

青豆妈妈叹气了,眼泪又要流出来:"唉,以后还不知道有没有床睡呢。"

我也要流眼泪了,可是拼命憋住了。青豆和我在一起,是有点大姐头的,这样的她最讨厌别人可怜她了。

青豆爸爸像什么也没听到,一个人跪在地上一张很大的中国地图上,用一个转盘在地图上转转转。

青豆看见我,向我招招手,示意我到她旁边来。

她拉着我凑到她爸爸旁边:"爸爸在玩什么啊?"

"转到哪里,我们就到哪里。"青豆爸爸无可奈何地说。

青豆一屁股坐到地图上,咧开嘴笑了:"好啊好啊,好玩!"

青豆目不转睛看着转盘转啊转,忘记了生气一样,在一边手舞足蹈地叫:"上海、上海,北京、北京,广州,广州也可以呀,噢噢噢!"

她那样子,像一个小赌徒噢。

青豆妈妈也凑过来了,忍不住提醒父女两个:"转到绍兴就再来一次,太近了,讨债的一找就找到我们了。"

转盘慢慢停下,我注意到青豆一家三个人的表情都不一样。

青豆爸爸喃喃说:"三峡,三峡!"

青豆妈妈听天由命的样子:"那里物价还比较便宜吧。"

青豆非常泄气:"那里除了水库还有什么好玩的呀?"

青豆爸爸突然一拳砸下去:"去,这叫命运的安排!"

"我不去,我不去!"青豆跳起来,"重转,重转,中国那么多好地方呢,我要到上海去!"

"你敢不去!你再闹,我揍你!"

在青豆爸爸的巴掌在她脸上揍响以前,我拉起青豆就

跑,丢下一句,"我们出去玩一会儿噢!"

我硬把青豆拉进了镇上的大超市,在食品货架前,我拿了购物篮,一包一包挑零食,一边问青豆:"不走不可以吗?"

青豆摇头:"爸爸妈妈到哪里,我也要到哪里。我还是小孩,做不了自己主的。"

"没关系!"我努力装出一副兴致勃勃的样子,咋咋呼呼拿这样拿那样,"果冻喜欢吃吗?橄榄呢?呀呀,薯片看起来很好吃噢。"

青豆一点也不起劲:"宝宝,不要买了,我带不走的。"

我像没听见,很固执的,一样样拿了往篮子里扔。

青豆发火了,过来要抢掉我手里的篮子:"你发财啦,价钱也不看。"

我身体一扭,躲过青豆,一跳就跳得远远的:"不用你管!我有钱!我乐意!可以吗?"

我蹲下来在最底下一层货架继续挑选瓜子、话梅、巧克力……

青豆无可奈何,脚尖在地上蹭呀蹭,一抬头看见超市电视里正好在播可口可乐广告的亲吻篇:潘玮柏想亲Selina,却被

Selina打脸。

青豆自言自语:"怎么可以这样啊?不识好歹!"

她突然看见一个男生的身影,穿着黑色汗衫。她马上跟在他后面,经过文具架子时飞快地抓起一个本子,三步两步追了过去。

"张杰,"青豆叫着男生的名字,"你可以给我写几个字吗?"

张杰站住脚,有点莫名其妙地看着青豆。

青豆抓了抓脖子,期期艾艾开口:"我、我要转学了!"

张杰还是那副拽样,不过还是勉强拿过本子,说:"那有什么好写的?笔!"

青豆飞快地从货架上抓了支笔递过去,眼巴巴看着他。

张杰不耐烦地说:"想让我写什么?"

"随便,随便写什么。"青豆轻轻说。

张杰龙凤舞地写了"随便"两个字,往青豆手里一塞,"Bye-Bye!"

青豆紧紧把本子抱在胸前,看张杰走远,不停说:"谢谢,谢谢!"

我吃力地拎着满满一篮子零食,站在青豆背后,刚才那一幕让我好想哭哦。

想起过去青豆对我说张杰的那些表情那些话,我更想哭——

青豆的小眼睛像灯泡一样发亮:"他是很潘的男生噢!一样的单眼皮,一样好玩的表情,一样会耍篮球……"

青豆尖叫,举起拳头:"宝宝,你要死啊,跟我混到现在,反应还那么慢哦!很潘就是很潘玮柏很潘帅呀!"

青豆一脸满不在乎:"那我就暗恋吧。哼哼,既然是暗恋,就暗恋一个帅的,反正暗恋都是得不到的,哈哈!"

坐在老戏台前,月光静静洒在我们身上。我的大门牙终于派用场了,一包包咬开袋子,我们的四周铺满了零食。两个人不停不停吃,很少说话,安静的空气里只有咔嚓咔嚓、咯吱咯吱吃薯片、咬棒棒糖以及各种食物的声音,很凄凉也很生动。

"不要忘记我!"

青豆埋头,更加大声地嚼着薯片。

"要给我打电话的噢!"

青豆点头,努力克制住眼泪。

"青豆,没有你,我怎么办呀?"我哭出声来了。

青豆抓了一大块牛肉干塞住嘴巴,突然打了一个饱嗝,眼泪一下飞流直下。

青豆一家第二天一清早就要走,要乘着别人还在睡梦里,悄悄地溜走。还好,还好,当我双手紧紧抱着一瓶东西,啪嗒啪嗒啪嗒穿过东街西街,赶到镇外的汽车站的时候,青豆还站在那里等我。

昨天晚上,她和我拉过钩的,一定亲口和我说再见以后再走,青豆是说话算话的小姑娘。

我跑到青豆面前,气喘吁吁停下来。

青豆摘下MP3,挂到我脖子里。青豆说:"宝宝,再有人骂你恐龙,你就躲到这里边!"

"我不要!"那是青豆最心爱的宝贝呀,我摘下来要套回青豆的脖子。

两个人推让来推让去,纠缠成一团。

青豆急了,在那儿直跺脚:"我真的没用了,以后我电池都买不起了!"

我哇地哭起来:"青豆,青豆……"

青豆撇撇嘴:"有什么好哭的?又不是永远不见了!"

我想起了一件事,赶紧抹掉眼泪,把瓶子塞在青豆怀里:"我昨天晚上回去以后折的幸运星,答应我一定不要丢掉噢。"

青豆使劲点头:"我发誓!"

青豆爸爸在强撑着微笑:"等着瞧,我们会衣锦还乡的!"

我眼睁睁看着青豆一家蜷缩在拖拉机的车兜里,拖拉机突突突颠簸着消失在微微放亮的晨光里,只留下一个小小的孤单的女孩的身影站在那里一直一直挥手。

十三岁是多么弱小啊,我什么都不能做,什么都做不了,只能眼睁睁看着我最喜欢最依赖的朋友在我面前消失。

no.14 死党的力量就那么厉害

送走了青豆,我直接到学校去了,时间还太早,教室里空无一人。

很好,这正合我的心意。

我趴在课桌上,一笔一画在黄色的蚕茧上画青豆的样子,然后左手粉色的宝宝茧子右手黄色的青豆茧子,两个茧子开始唧唧喳喳说话——

宝宝茧子:你真的走了呀。

青豆茧子:嗯,让你一个人坐得宽畅些!

宝宝茧子:我再也不许别人坐你的位子!

青豆茧子:嗯哪!

宝宝茧子:我等你回来噢!

青豆茧子:没问题!

宝宝茧子:我已经想你了怎么办呀?

青豆茧子：克制，克制！懂吗？

宝宝茧子：有几样东西是克制不住的，比如咳嗽……

青豆茧子发出咳嗽的声音：咳咳咳……

宝宝茧子：比如孤单……

青豆茧子：还有呢，比如打喷嚏，比如打饱嗝，比如憋尿，比如放屁……哈哈！

我含着一包眼泪笑了，"哈哈"。

妈妈走了以后，因为有了青豆，我可以不怕全世界的风风雨雨，有她在，烦恼统统死掉，死党的力量就是那么厉害！可是青豆又走了，眼泪成了唯一还属于我招之即来挥之即去的东西。

旧年的最后一天晚上，九点多的时候，李老师忽然喊我听电话。我一拿起电话，青豆在那头大嚷："宝宝，新年心想事成！宝宝，新年装上牙箍，成为中学里最漂亮的美眉！"

"我不要装牙箍了……"我低声说。

"啪"，我清清楚楚听到青豆拍了自己一巴掌。

"你干吗呀？"我吃惊地问。

"该死，我给忘了，你装牙箍攒的钱全部赔给我啦！"

接着,青豆开机关枪一样告诉我好多好多事情。她们一家在三峡朱家湾租了房子,靠卖早点过日子,前两天摊位让城管给冲掉了。家里眼看着坐吃山空,爸爸整天在那里长吁短叹。今天晚上妈妈说做点甜圆子,好歹也快过元旦了。

可是买糖的青豆很快垂头丧气回来,把两块钱硬币放在桌子上,小店里的人说买白糖还差两毛钱。妈妈叹气了,家里只有这两块钱了,结果一家人只好吃酱油面。

青豆没吃成糖圆子,嘴巴淡死了,所以赌气似的一次次拿起酱油瓶往面里倒。妈妈抓住酱油瓶骂她"你以为酱油不要钱呀",爸爸说"让她倒让她倒"。妈妈捂住嘴巴哭了,一边哭一边碎碎念:"作孽呀,让孩子跟着我们受罪呀。"

吃完酱油面,青豆蜷缩在床上,听着鞭炮声,把脸贴在我送的幸运星瓶子上,忽然,她发现了什么似的,一下坐起来,打开瓶子。她一粒一粒解开,摊平,是一毛、两毛、五毛、一元不等的纸币叠的星星。床铺上摊了好多纸币,最大的也超不过两块。

她马上冲到小卖部给我打电话了——

"哦,宝宝,哦,宝宝,干吗,你干吗这样啊……"青豆抽抽搭搭的。

"青豆,我只要你回来,你现在就买张车票回来好不好?我们再在一起听MP3!"我也抽抽搭搭的。

青豆破涕为笑:"现在就放给我听咯。"

"不是潘帅的可以吗?"

"没关系!"

话筒里传来两个女孩子甜美的声音,我最近爱上的歌曲,TWINS的《数彩虹》——

雨停了放晴了/彩虹擦干了天空/你穿着雨鞋/微笑着走向我/从陌生到要好/你我惊喜的彩虹/现在已消失无影踪/红橙黄那是欢乐颜色/用小指打钩钩/说好了我们永远同一国/蓝靛紫那是吵架时候/还有那年的寒冬/我哭了/当你说你将搬走/雨停了放晴了/彩虹又再挂天空/你还会不会记得我/你一直都在我心中

旧的一年终于快要完蛋了,我们都乘机哭了个痛快,后来青豆说,第二天,她把被子抱出去晒了很长时间,眼泪的味道才被暖暖的阳光吸走。

华镇的生活还是一如既往,穿镇而过的国道有越来越多的车,可是这些车没把青豆送回来,也没把妈妈送回来。

我一个人孤单单过了元旦,盼啊盼盼到大年三十,还是一个人给扔在李老师家。

镇上充满过年的气氛,李老师家也忙着杀鸡宰鸭准备年夜饭,直到下午四点光景,回娘家的沈莲回来了,上来敲我的房门:"芝麻开门,芝麻开门,芝麻开门……"

她叫了很多声,我没有回应她,她轻轻推开门,看见我像鸵鸟一样埋在被子里。沈莲轻轻掀开被子,看见一个满脸泪痕的小姑娘。

"宝宝,干吗躲在这里哭呵?"她揉揉我的脸蛋。

"他们把我一个人扔在这里过年,做生意做生意做生意,干脆别生我出来好了!谁稀罕要到绍兴去呀。"

早上妈妈打来电话来说就不来接我过年,拜托李老师让我在她家过年。李老师嘴上说答应,放下电话,就满脸不高兴:"自己小孩,不管就不要养出来呀。真是的,过年也不领回去,也不知道加点钱给人家……"

我默默回房间,中午没有下去吃午饭,她们也没有人来叫我。

我是没人要的小孩,被人推来推去,反正最后要伤心死的,不如干脆饿死好了。

"我带你去好不好,年初四?"沈莲推推哭得一抽一抽的我。

我跳起来:"真的?我还没去过绍兴哪。"

沈莲点点我额头:"我出去买炮仗。不许再哭了噢!"

沈莲刚出门不久,楼下传来李老师的喊声:"宝宝,宝宝!"

我跑下楼,看见外公左手一只小凳子,右手一只长长的白布袋子,局促地站在天井里。

"外公!"我开心地扑过去,"你是来接我过年的吗?"

李老师嘴上假客气:"进来坐会儿。"人却堵在房间门口。

外公讷讷地说:"我鞋子脏,我不进门了!"他转过头来对我说,"宝宝,乡下冷,外公不接你回去了!"

我顿时眼泪汪汪:"那你来干什么?"

外公咧开没牙的嘴巴:"送点东西。"他把布袋子交给李老师,说:"乡下没什么好东西,做了个枕头给李老师,宝宝让你费心了!"

那是个粗针大线的枕头,一摇就沙沙响。

李老师有点看不上,连连摆手:"不用呀不用呀!"

可是外公执意要给,"李老师,不是什么好东西,收下吧收下吧。"推推搡搡中,枕头一头扯开了,里面的黑沙子撒了一地。

闪闪正好出房间,看见那一片黑沙子,突然尖叫起来:"蚕宝宝的粪便!"

李老师面色顿时变了:"拿走、拿走!"一甩手转身进门。

外公对闪闪赔着笑脸:"借把扫帚!"

闪闪丢了把扫帚过去。

我看着外公把黑沙子扫成一堆,吃力地蹲下来,一把一把重新塞进布袋,然后扎紧袋口。

我的脸涨红了,外公丢脸丢到家了,大过年的,居然送一包蚕宝宝的便便给人家,人家不要,还要当宝贝一样收回去。

外公扎好袋子,从贴身的布袋里摸出一张崭新的十块,"宝宝,外公的压岁钱。"他的手上还粘着蚕宝宝的便便,我把脸转了过去。

外公没说什么,慢慢地转身要走。闪闪在他身后丢了一句:"哎,还有毛头呢!"

"喔,喔……"外公将十块交到闪闪手里。

闪闪毫不客气地收下了:"那我就代毛头谢谢外公了!"

外公再看了我一眼,这下真的转身走了。

NO.15 小虎牙最可爱啦

李老师家的饭堂间难得灯火通亮,一家人难得统统围坐在一起,桌子上摆满了炒菜冷盆汤汤水水的。

我面前有一碟海蜇头一碟花生米,我很自觉地尽量只夹花生米,顶多也碰碰沈莲那边的一盘炒素。

妈妈并没有给我多出一份过年的钱,我大吃大喝,李老师要觉得亏大了会更不高兴的。

吃了一会儿,沈莲突然想起了什么似的说:"刚刚我在路上碰到宝宝的外公了,怎么不留他一起吃饭?"

李老师板着脸说:"本来是想多添一双筷子,不过……"

闪闪马上抢过话头:"老头子真是做得出,大年三十送什么不好,偏偏送一袋子蚕宝宝的粪便来给我妈做枕头!"

沈莲老公叫起来:"别讲了,恶心哇!"

我又低下了头，妈妈说得对，外公脑子是有点病吧，此刻，我真的有无地自容的感觉。

沈莲叫起来："什么？一袋子呀，那得攒多久呀？你们不知道晒干的蚕宝宝便便有保健作用吗？妈，你不是晚上睡不着吗？蚕宝宝便便填枕头芯子，治疗失眠最好不过了呀！"

"那也不值几个钱呀！"李老师慢条斯理剥着一只油爆虾。

天井门外传来"通"的一声，李老师站起来，出门去查看。一会儿，屋外传来她惊讶的叫声："谁送来的火腿呀，放在门口，也不怕狗叼走？"

我好像有某种预感，马上冲出去看，一眼就看见这段火腿上用红线系着好几个不同颜色的蚕茧，其中一只藏青色的蚕茧上画了一张脸，上面有几道抬头纹，很像外公在笑。

我的眼泪好像要迸出来一样，弯腰从李老师手里抢过火腿，喊着"外公，外公"，奔出门去。

我一直抱着火腿，穿过了街市和人群。我来到了宽阔的田野，田野上光秃秃的。远远的，我看到桥头上，外公正走远，外公摆摆手，做着告别的动作，却没有回头。

我看看火腿，再看看远方，外公消失了。

十三岁,我曾经以为,我最想要的东西就是一个神奇的牙箍,它可以让我推门进入一个美丽新世界。可当我长大以后,我才知道我最想要的是时光倒流,我希望在那一刻外公能回过头来,而不是一个告别的动作。

我抱着火腿,拖着脚步,失魂落魄地回转来。李老师从我臂弯里接过火腿,赶紧要锁到楼梯间里。

"喂!"我叫住她,走上前去,一把摘下那个深蓝色的蚕茧,"这个是外公给我的!"

她被我吓了一跳,很不开心,嘴巴里嘀嘀咕咕:"一老一小脑子都有病,一个小偷一样偷偷摸摸送上门,一个强盗一样明目张胆抢过去……"

年初一早上一醒来,我骨碌一下爬起来,用指腹轻轻碰了碰挂在床头的藏青色茧子:"外公,宝宝给你拜年,外公长命百岁,想吃什么就吃什么!"

"嗯,"我想了想,"等宝宝有钱了,给你换个新的收音机哦!"

"喂,喂,喂,楼上的接电话!"李老师在天井里叫我。

"哎,来啦!"昨天算是得罪她了,我的名字她都不屑喊

了。不过,这不影响我的好心情。

是爸爸妈妈总算良心发现想到我了,还是有别的谁想起我来了?不管怎样,我不再是被所有人忘记的宝宝了。

我飞奔下楼接过电话,听到那头"喂"的一声活蹦乱跳,啊,啊,是青豆!

李老师就几乎贴身站在我旁边,我看着李老师不说话,屏了那么一会儿,李老师气咻咻地走开了。

话筒里传来青豆迫不及待的声音:"宝宝,宝宝,猜我现在在哪里,我在上海噢!"

"真的呀?"我叫起来。

"妈妈有个表舅在上海造房子,我们一家投靠他来了。妈妈现在在工地上烧饭,我隔三差五还有红烧肉吃呢!"以前那个总是情绪饱满兴高采烈的青豆又回来了。

"嘿嘿,当心变胖子哟!"我也跟着开心起来。

"不管啦,有吃不吃猪头三!对了,我认识了一个姐姐,这个姐姐说可以介绍价钱最好又很合算的牙医给你装牙箍。她自己就是十三岁装牙箍的,现在那口牙齿,啧啧,太赞太赞了!"

这真是天大的好消息呀,我雀跃我激动:"真的呀真的

呀？效果真的很好很好吗？嗯哪，我一定会来上海的！"

过年过年，主要意思也就在那两天，年夜饭一吃，年初一过去，节日的气氛就一天比一天稀薄起来。

到了年初四，沈莲兑现诺言，带我到绍兴去了。

下了绍兴汽车站，虽然出了点阳光，天还是有点灰蒙蒙的，我打量着这个从来没有来过的地方，比起华镇来，就是更多的人来人往，更高的楼，更多的商店。

我远远看见了妈妈，马上抿起嘴巴摆出一副很生气的样子，我要冰冻冰冻再冰冻，谁叫妈妈把我往李老师家一扔就是大半年。妈妈一路叫着"宝宝、宝宝"颠颠地跑过来，一把把我搂到怀里，我抬头看见妈妈咧开笑着的大嘴巴里熟悉的大门牙，闻着妈妈身上熟悉的味道，鼻子酸酸的，心里暖暖的，一点也生气不起来了。

妈妈把我们接到一个看上去比较高级的饭店，爸爸要请沈莲吃饭，谢谢她一直那么照顾我。桌子上摆满了菜，妈妈穿得很漂亮，可是脸色不太好。爸爸还那样，手机响个不停，不时起来跑到外面接听。

妈妈和爸爸坐在一起，可是一直背对着爸爸和沈莲说这说那，她摸摸沈莲的肚子："我跟你说啊，明天检查的时候，要

套套医生的话,肚子里的到底是小男孩还是小女孩?"

"不是医生规定不好说的吗?"沈莲说。

妈妈摇摇头:"我告诉你呀,有诀窍的,你不用问,只要睁大眼睛看就可以啦。检查好了以后,医生要是不响也没什么表情,多半是女儿,要是他笑笑不说话,就是儿子!"

"真的呀?"沈莲睁大眼睛,"不过还是算了吧,提前知道终归没劲的,我要坚持到最后一刻,再让答案揭晓!"

妈妈马上附和说:"也好,也好,最后养个大胖儿子出来,过房娘肯定开心得不得了!"

大概对我还是很歉疚的,妈妈一个劲往我碗里夹菜:"乖囡,多吃点噢。"我看了一眼碗里,还好,没有哗嚓哗嚓的海蜇头。

本来黑黑瘦瘦的爸爸,白了,胖了。乘着妈妈和沈莲在说女人私房话,正好爸爸的电话也接好了,我慢慢蹭过去,摸摸爸爸的肚子:"嘻嘻,啤酒肚噢,爸爸怎么变得那么胖啦?"

"没办法,做生意的就要吃吃喝喝没完没了。"爸爸摸摸我头,"宝宝,还要吃什么?印度甩饼想不想吃?爸爸妈妈做生意忙,顾不过来你,你要懂事哦……"

啊,啊,机会来了。我的眼珠转了转,想起青豆以前对

我说过的话:"大人们觉得对不起你的时候,就是你向他们开口提要求的时候,机不可失,失不再来呀。"

我放下筷子,抬起头,直别别地看着爸爸和妈妈,清清嗓子,开始大声说:"爸爸、妈妈,我牙齿长得实在太难看了,我想……"

"没有呵,"沈莲突然打断我,"我觉得宝宝的小虎牙最可爱啦!"

妈妈跟着笑起来:"是啊是啊。"

我看了一眼爸爸,我家的钱袋,他的反应冷淡到没有。

我狠狠白了沈莲一眼,第一次感觉沈莲有点讨厌呢。

绍兴的家有两间房,房间都不大,和乡下没法比,可是卧室和乡下一样,有张大大的床。

晚上,沈莲睡小房间,我们一家就睡卧室了。我和妈妈睡一个被窝,爸爸一个被窝。我转头看看爸爸,再转头看看妈妈,傻呵呵地笑,有一种久违的幸福的感觉。

半夜里,睡在中间的我被一种奇怪的声音吵醒,睁开眼,听到爸爸妈妈在用气息无声地剧烈吵架,我的刘海被他们的气息吹得一跳一跳。妈妈在无声哭泣:"有点钱就骨头轻

啦?怎么能做出这种事情……"

爸爸在打自己的耳光,"啪啪啪"……每一下,都让我心惊,身体跟着一跳一跳。

可我不敢问爸爸妈妈怎么了,有的事情我不想知道,我只想蒙上耳朵蒙上眼睛,装作一切还很正常。

于是我装作睡得死死的,连身都不敢翻,手脚都麻了。天快天亮的时候,爸爸妈妈先后起床,我翻了几个身,伸了几个懒腰,把手脚活动开,放松了也舒服了,才迷迷糊糊睡着了。也没睡多久,就被一阵吵闹的声音吵醒,我的心不安地跳起来,赶紧一骨碌下床,趴在门缝里朝客厅里看。天呢天呢,妈妈发疯一样又踢又抓,要赶一个抱着小孩的长发女人走,妈妈连哭带骂:"你还敢上门来,你到底要不要脸呵?"

爸爸跳到那个长发女人前面:"不要打了不要打了,听到没有?"

妈妈一头撞向爸爸的啤酒肚:"你还护着她呀,你要气死我呀?"

爸爸像一堵墙一样,居然纹丝不动,他用一种很可怜的语气说:"我也实在没有办法,我要儿子,宝宝将来又不能给我送终!"到了最末一句,爸爸的声音响起来,居然有点理直气

壮。

妈妈顿时泄气了，一下蹲在地上，呜咽起来……

我一会儿站起来一会儿蹲下来一会儿又半蹲着，拼命要看清一样东西。终于，终于，那个长发女人无意中一转头，她也在可怜兮兮地哭，露出了一口牙齿，洁白，整齐。

顿时，我也跟妈妈一样泄气了。我明白了，爸爸你为什么不要我们了，哼哼，我一定会让你后悔的！

爸爸带着那个女人撤退了，沈莲和我各自打开房门，怯生生靠近妈妈，妈妈一只手蒙着脸，眼泪从她的指间不断地渗出来。

"你也看到了，"妈妈另一只手去拉住沈莲的手，"这个样子，我怎么来接宝宝？"

妈妈一把搂住我，"宝宝，真的不是妈妈心肠狠，妈妈真的没有办法来看你来接你，我整天看住你这个浑蛋爸爸，还是没有看住啊！"

我伏在妈妈怀里，母女俩一起张开嘴巴露出大牙齿，一起哭得飞沙走石。

沈莲不知怎么安慰我们好，只是陪着一起流眼泪。妈妈抹掉一大把眼泪鼻涕，"作孽啊，你不能哭的，要影响肚子里的

宝宝的!"

"那我带宝宝回去吧,你自己要当心!"末了,沈莲决定提前回镇,顺便还把我带回去。

我就这样被沈莲牵着,一路哭哭啼啼进了李老师家门。我讨厌被大人牵东牵西的十三岁,我讨厌没有办法只好哭哭哭的十三岁,我讨厌!

李老师没给我好脸色:"怎么又送回来啦?过年也不让人安生。"

沈莲勉强笑着:"宝宝家爸妈生意太忙了!"

李老师嘀咕了:"生意好,也不晓得加点钱给我。"

我露出受伤的表情,甩开沈莲的手,腾腾腾冲上楼,冲进自己房间,"嘭"把门关了。

李老师也不是吃素的,在天井里对着我房间的方向大叫大嚷:"哟,小姐脾气丫头命。要摔门,回自己家摔去!"

我什么办法也没有,我只能继续哭、哭。我家比青豆来更糟糕。再苦,他们也是一家人在一起,可我们家呢,已经被破坏得粉粉碎。

我看着滴滴答答的泪水,好像新鲜的橡皮糖,不断跳起,弹跃着,脑子里就反复弹出一个念头,只要我得到最想要

的东西,以后就再也不要做一个只会哭哭啼啼的没用透顶的小姑娘了!

天色放亮的时候,我已经不哭了,我像一头走投无路的小兽,对着镜子发狠扳牙齿。

"啪嗒",半颗牙齿断了,我满嘴是血,我咕哝着"芝麻开门,芝麻开门",半跪着从缝纫机踏板下拿出沈莲的钱,数也不数丢进包里。

我坐在清早的头班长途车上,木木地看着窗外,既然我根本没有办法做自己想做的事情,疯狂出格才是唯一的出路吧。我在心里大喊大叫——

青豆,我来啦!上海,我来啦!牙箍,我装定啦!

NO.16　正正好好露八颗牙齿

　　我紧紧抿着嘴巴，紧紧摁着包，在上海一号线地铁的过道里走。突然，我被一排益达口香糖的广告牌吸引，男男女女老老少少都大幅度笑着，把洁白整齐的牙齿炫耀到极点。我被深深地吸引了，走上前去，一颗一颗去摸，梦游一样，傻傻地笑着。直到青豆叫着我的名字，我才从梦游中醒来。

　　青豆穿得花花绿绿的，包包的带子长长的，上面别满徽章，挂着好几个娃娃的小饰物。我们一声不吭紧紧拥抱了一会儿，依依不舍分开。

　　我上上下下打量着青豆："你好花呀！"

　　青豆嘻嘻笑着："有空我带你去七浦路呀，还有城隍庙，这些全有的卖，很便宜的。"

　　我摇摇头："我不要。青豆，带我去见那个上海姐姐好不好？"

"没问题!要不要先吃东西,我先带你吃生煎馒头去!"

可是我一秒钟也等不及了,"我吃不下,我恨不得马上把牙箍装上!"

青豆一把拉起我:"没问题,出发,下一站、天后!"

下一站天后?见我露出不明白的神情,青豆马上解释说:"呵呵,那个姐姐叫QUEEN,QUEEN知道不知道?就是皮蛋Q,就是皇后!"

两个小姑娘在繁华的街上飞奔,在匆匆的人群里左突右撞,噼噼啪啪,嘻嘻哈哈,带着梦想马上成真的飞一样的快乐。

我是在人民广场美式唐纳滋店第一次见到QUEEN姐姐的,她在我眼里就是外星人一个,穿的衣服好短,连肚脐眼都露出来了。不过她的小腹平平的,她的肚脐眼有点像花托,真的好美。

最让我弹眼落睛的是,她的腰间居然文了一只大红的蜥蜴,蜥蜴头上还有一颗红宝石。

我们坐在靠窗的明亮的位置吃甜甜圈。我双手捏着,那颗红宝石明晃晃在我眼前闪耀,像吸铁石一样把我全部的注意

力都吸过去了,直到青豆推推我:"吃吧,宝宝,保证你好吃!"

我有点不好意思地问QUEEN姐姐:"姐姐不吃吗?

"我不吃,我玩呢。"QUEEN姐姐一点也没有被我看得不自在呢,她拿了两只甜甜圈,当手镯一样套在手腕上,一边拍拍她的小肚子,"这里是我最漂亮的地方,绝对不能让它鼓出来的!"

青豆不像我,她对QUEEN姐姐令人惊讶的画着红蜥蜴的小腹肯定已经司空见惯,所以一边啃甜甜圈一边大大咧咧和QUEEN瞎聊。

"姐姐,你有男朋友哇?"

"以前有一串,现在没有,那个叫丘比特的大叔这些日子罢工。"

"一串?"

"不多,用手指加上脚趾就可以数过来啦!"

"哇噢,那么那些男生为什么现在都不见了呀?"

"不是我不喜欢别人了就是别人不喜欢我了。其实我前一个男朋友还是我补习班的同学呢,穿长长的黑风衣,就像金城武在《神呵,请多给我一些时间》里的造型,我一下就被电到

了,可是人家过了几天就不高兴理我了,我一生气还写了一首诗,要不要听?"

"要要要,念念念!"

"天涯何处无芳草,何必要在本校找?本来帅哥就不多,何况质量又不好。绝对押韵噢!"

这些话虽然也很有趣,不过我最关心的还是牙箍、牙箍。

"姐姐,你可以帮我介绍很棒的牙医对吧?"

QUEEN姐姐眉毛一扬,露出两排贝壳一样漂亮的牙齿:"一点问题也没有!"她开始详细展开这个话题了——

"牙医起码有两种,一种拔牙齿的,是低级医生,一种美容的,是高级医生。你只要到了高级医生手里,猪头照样可以变成美女!

"宝宝的问题是小CASE啦。青豆说,男生封你是恐龙是吧?哈哈,等你拆下牙箍,等着吧,青蛙们,脱胎换骨的美眉让他们弹眼落睛。"

"要想笑得漂亮就要正正好好露八颗牙齿!"QUEEN姐姐从杂志架上随便抽了几本美女封面的杂志丢在我和青豆面前,"不信你们数数看?"

我和青豆认真数了几下,真的是那么回事呀。我们很崇拜地看着QUEEN姐姐,我更坚信青豆帮我找对了人。

我三口两口吃掉甜甜圈,"姐姐,我马上就要装!"

"哎,等等,我先来帮宝宝算算!"QUEEN姐姐毫不可惜地把套在手上的两只甜甜圈扔了,拿出了一摞牌,熟练地洗牌,在桌子上布牌,一边弄一边顺口说开了——

"我老爸老妈早几年分开了,我们一家三口谁也不管谁。我老爸像谢霆锋的老爸一样帅,到现在还老有女朋友追。老妈开美容院,装个肚脐环钱都不要。我有什么事情吃不准,就去问塔罗牌。啊,啊,不对劲呀……"QUEEN姐姐用塔罗牌算着算着,猛然叫起来,"宝宝今天不宜装牙箍,要不虎牙会变成更难看的龅牙。"

我顿时一盆冷水浇到底:"啊,啊?怎么会这个样子?"

青豆也叫起来:"那怎么办啊?"

QUEEN姐姐扫了我们一眼,好像看不起我们两个大惊小怪似的:"有什么怎么办啊,先玩一天再说!"

我们推门走出美式唐纳滋店,QUEEN姐姐拉住我:"喂,你看看你这包,在对小偷说来吧来吧,我敞开大门迎接

你们!"

我看了吓一跳,拉链不知什么时候坏了,从中间豁开来了。

青豆说:"宝宝,要不把钱先放到姐姐包里去?"

我小心翼翼拿出来一包钱,转手放到了QUEEN姐姐的包里。

出了唐纳滋,就是南京路,到处都是时髦光鲜的商厦,可是QUEEN姐姐对它们都不屑一顾,"南京路是外地人逛的地方,没什么好看的。"她带着我们直扑福州路上的来福士商厦。那真的是个宽敞气派的商厦,我紧紧跟着她俩转东转西,生怕一不小心就跟丢了。

QUEEN姐姐熟门熟路,在地下一层的屈臣氏超市里买了假睫毛,走到第一层的"面包新语"时,冲进去买了一只肉松面包大快朵颐。二层开始都是衣服店,我像一只平生第一次掉进米缸的小老鼠,东看西看,觉得眼睛鼻子嘴巴都不够用。

QUEEN姐姐却如鱼得水,在一个个试衣间里进进出出,不断换着衣服,在镜子前摆造型,看得我和青豆眼花缭乱。

不知道换到第几套的时候,手机响了,QUEEN姐姐一边

继续穿衣服在镜子前摆POSE,一边接听,突然,她所有动作定格,只有嘴巴在那里大喊大叫:"我是QUEEN,啊,我的宝贝来了,在哪里啊?你等着,我马上飞过来,一秒钟之内!"

她飞速地离开,营业员叫起来:"哎!"

QUEEN姐姐"噢"了一声,倒回来,三下两下脱下衣服,团成一团扔给营业员。

营业员不开心了:"赶着投胎啊!"

没想到QUEEN姐姐点了点头说:"我要接我孩子去啦!"

这下,营业员、青豆和我三个人都面面相觑,露出不能相信的表情。

QUEEN姐姐二十岁不到的样子,怎么可能呢?

可是,我们已经来不及多想,QUEEN姐姐已经飞奔到前面去了,一路叫着"宝贝,宝贝,我来了,来了"。我和青豆慌慌张张又莫名其妙地跟着她跑,奔下电梯,奔出商厦,奔在街上……

奔到街心花园,一个穿着黑色蕾丝边裙子的姐姐看见QUEEN姐姐,马上打开了一个长长的黑色筒状包,一个极度

漂亮的娃娃赫然出现在我们面前。

QUEEN姐姐尖叫一声冲过去:"我的孩子,我的天使,我的宝贝,我的SD娃娃!"

我们围着那个SD娃娃,褐色的打着卷的长发,精致的鹅蛋脸,大大的眼睛绝对会说话一样,体态匀称,楚楚动人。我们三个有一会儿什么话也说不出来,只是喘着气,直勾勾看着那个美轮美奂的娃娃,眼神充满爱慕,我感到这个娃娃把我的魂都勾走了。

"我在做梦吧?青豆,掐我,掐我一下!"我不能相信世界上还有这么漂亮得无懈可击的娃娃。

青豆掐了自己一下:"哦哟!"呵呵,她也跟我一样对美丽惊人的SD娃娃着了魔。

QUEEN姐姐呼吸急促,脸色发红,紧紧抱着SD娃娃再也不肯放手了。

蕾丝边裙子的姐姐不停地叮嘱QUEEN姐姐:"你要对她好的,你要对她好的!"

QUEEN急得要哭出来的样子:"我发誓,我会宝贝她一辈子的!How much?"

蕾丝边裙子的姐姐张开一个巴掌:"不是你网上拍下的一

口价吗?"

QUEEN亲了娃娃一下,万分不舍地交还给网友,马上连滚带爬,一边说:"我马上去拉卡!"

自动取款机前,正好没什么人,QUEEN看着显示屏幕发呆,嘴里念念有词,"不会吧,只有个位数啦?后面的零零零零全溜了?"

QUEEN姐姐咬着指甲,呼吸急促,一只手在包里兜底翻身地翻,一边对着娃娃展开温柔的笑容:"别急,别急,宝贝,宝贝!"

她翻到了什么,像抓到救星一样,两眼发光:"你是我的,你就是我的了!"

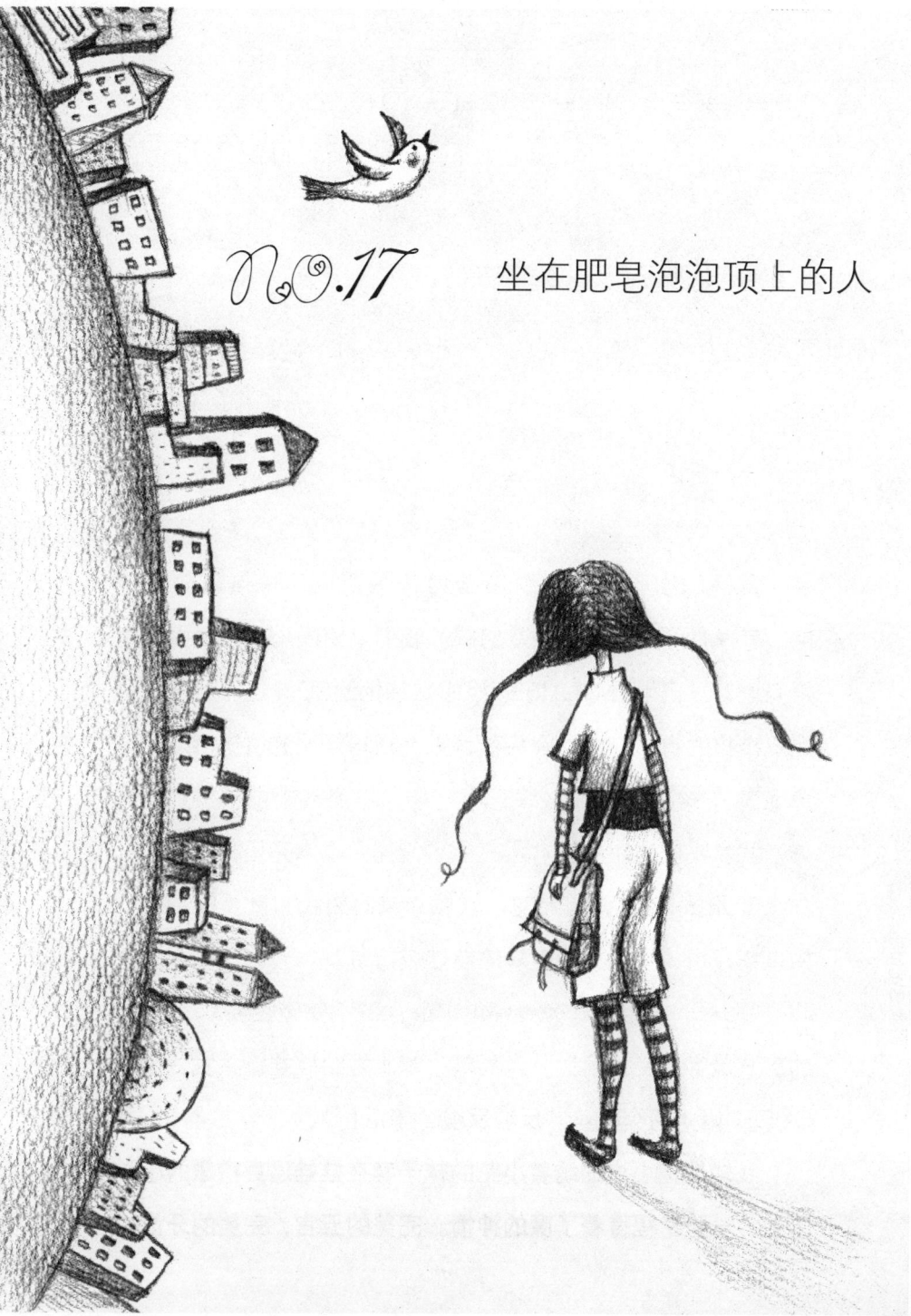

no.17 坐在肥皂泡泡顶上的人

黄昏的街心花园,夕阳给每样东西洒了一点碎碎的金色,有一种漂浮在半空的梦幻感。我们团团围坐在一张木头桌椅旁边,巴巴地看着QUEEN姐姐熟练地给SD娃娃梳辫子,穿上双排扣的衣服,穿上圆头鞋,戴上精巧无比的项链,娃娃神奇地变了一个样子。

我梦呓一样叫着:"漂亮死了漂亮死了漂亮死了……"

QUEEN姐姐真是天使,好像知道此刻我和青豆极度想做的事情,也让我俩加入美妙的娃娃装扮游戏。

QUEEN姐姐在一旁不停地提醒:"不要碰脸哦,SD娃娃的皮肤最容易变黄了!"青豆笨手笨脚地给娃娃梳头发,我和QUEEN姐姐两个叫:"反啦反啦,笨瓜!"

我轻轻把小小的绣着小花的袜子套在娃娃逼真粉嫩的小脚丫上,一脸幸福得着了魔的神情。完美的五官,完美的牙齿,

完美的小腹,完美的小姑娘。我看着一脸幸福的QUEEN姐姐,心想:如果没有人疼爱我们,至少还有我们疼爱自己呀,耶!

我们玩得尽兴陶醉,一起走进丰裕点心店,脚步都有点醉醺醺似的。

她们找了个桌子坐下,我满心感激地请求QUEEN姐姐:"我请客吧。姐姐,可不可以把包给我?"

QUEEN满不在乎把包递过去:"好啊!"

我接过QUEEN的包,往里掏着掏着,越来越不对,声音发抖,人也跟着发抖:"咦!咦!咦!没有啦,没有啦,我的钱不见啦!"

青豆根本不相信:"不会的,我帮你找!"

青豆粗手粗脚把整个包里的东西都倒在桌面上,哪有钱的影子?

青豆目瞪口呆,不能置信:"啊,难道被偷掉了啊?要命啊!"

QUEEN点了她一下额头:"瞎说什么,绝对没有偷掉!"

青豆吱溜钻到桌子下找,一会儿底下传来她的声音:

"没有呀没有呀!"

我揉揉眼睛,脸色发白地看着QUEEN姐姐:"那我的钱哪儿去啦哪儿去啦?你另外藏起来了对不对,对不对?"

QUEEN耸耸肩,若无其事地用下巴指指SD娃娃:"喏,不是在这里吗?"

我和青豆好像没有听懂一样,呆若木鸡,一段静止的沉默以后,我忽然明白过来了,顿时大放悲声:"哇——我的牙箍,我的牙箍!"

青豆大惊失色:"啊!抢钱啊!一个娃娃要那么多钱?"

QUEEN姐姐又耸耸肩,"我还只买了最便宜的一种,四千块是赤膊娃娃,我又买了衣服化妆品,统统加起来五千块。"

青豆也哭了:"姐姐你怎么可以呀?"

QUEEN姐姐发给我们两个哭得上气不接下气的小姑娘一人一张纸巾:"我的SD娃娃,你们不都玩过了吗?你们玩得不开心吗?"

叫的点心上来了,可是我们三个都把下巴搁在桌子上,看着桌子中间一盆诱人的撒着葱花的喷喷香的生煎发呆,谁都不

动筷子。

QUEEN姐姐率先举筷子夹了一个吃:"你们吃啊,生煎冷掉就不好吃了。"

青豆抽抽搭搭地哭着说:"姐姐,你还吃得下啊?你眼睛眨也不眨,就把宝宝的钱全都花掉了!"

QUEEN咬开了一只生煎:"那怎么办啊?没有这个娃娃我会死的!"

青豆气疯了:"可宝宝要是装不上牙箍,也会死的啊!我再不叫你姐姐了,你偷宝宝的钱!"

QUEEN姐姐着急了:"喂,什么叫偷呀?我是借,你懂不懂?我会还啦。"

青豆顿时瘪掉了,不吭声了。轮到我爆发了,说真的,我杀了她的心都有了:"你问过我没有问过我没有?没问过我就拿去花掉了,不是偷,是抢!你抢我的钱,你赔我牙箍!"

QUEEN小声说:"我正好卡里没有钱了,才挪用了你的钱。我拿钱的时候手脚都没法控制了,我只想快点把我的宝贝拥在怀里。宝宝,你把家里地址告诉我,到时候我给你寄过来!"

回家两个字深深触动了我,我跺着脚大放悲声:"我要回

家呀我要回家呀……"

我们掏着全身每一个口袋,还有包里的夹层,把角角落落的硬币纸币都放在桌子上,青豆数了又数,一脸沮丧地说:"还是不够买一张火车票呀。"

我的眼泪啪嗒啪嗒掉下来,我彻底完蛋了!

QUEEN姐姐又飞快地排起塔罗牌:"啊啊,别急,牌面上告诉我,宝宝肯定能回家!"

正说着,就听到她的手机响,接起来,我们听见一个女孩在那头哇啦哇啦讲得又急又响的声音——

"一定帮我个忙好不好啦好不好啦……"

QUEEN不耐烦地说:"Stop,讲话节约点,要我帮什么忙啦?"

"NIKE专门为球星勒布朗·詹姆斯度身定做了Zoom Lebron Ⅲ的球鞋,限量版明天在淮海路上的专卖店发售呀。肯定好多人连夜去排队呀,我现在外地,夜班飞机票卖光了,急得想上吊呢!"

QUEEN马上心领神会:"哦,要我帮你排队对不啦?看起来要排通宵的喽?"

"求你求你求你,没有这双鞋我会自杀的!排队啦夜宵啦

早饭啦,所有钱统统包在我身上好了!"

QUEEN马上声明:"那么我要拉两个朋友陪的,不然一个人吃不消的!"

"没问题!统统我买单就是了!"

QUEEN摁了手机,头一摆,一脸得意,对着我和青豆一扬下巴:"跟我走吧,车票钱有啦!"

我们马上转战NIKE专卖店外,到那儿天还没有完全黑呢,也没什么人,我们一起排在了最前面。

我死人一样沉默,青豆不安极了,时不时看我一眼,欲言又止。

不到一小时,后边已经有不少从各个地区赶来的NIKE迷,大多是十几二十几的男孩女孩,真还有为了买一双鞋通宵排队的疯子。

我听到队伍里两个女孩子已经在提前激动。

"你看到报纸上登出的照片吗?盒子和这款鞋子一样也是红白配的,我看到就激动死掉了,真真漂亮死掉了,我欢喜死掉了!"一个说话极度夸张,一口气说了好几个死呀死的。

哼哼,我要是装上牙箍,也会激动死掉的,等到摘掉牙箍那一天,我肯定看上去漂亮死掉了,让我照着镜子欢喜死掉了

镜子里的宝宝。

另一个也很兴奋:"我的理想明天一早就要实现了,我就要有一双詹姆斯版本的Zoom Lebron Ⅲ 的球鞋啦,哈哈哈哈!"

QUEEN姐姐亲亲怀里的SD娃娃,自言自语:"这世界上有太多值得我们爱值得我们努力、不顾一切去占有的东西了,对不对,宝贝?对不对,宝宝?"

我被她触动伤心事,眼泪又要落下来。青豆一个劲对着QUEEN姐姐翻白眼,QUEEN姐姐好像没看见一样,一本正经地问我们:"喂,说说看你们最想要的是什么?"

"给潘帅当伴舞,要是他看不上我,就算给他擦擦皮鞋,也是幸福的呀。"

我死死盯着她上下翻飞的洁白牙齿,咬牙切齿道:"装牙箍!我要是装不上牙箍,这一辈子只好做恐龙了。"

QUEEN姐姐一边说一边用拳头堵住打哈欠的嘴巴:"喔~喔~喔~,要得那么少呀,我像你们那么大的时候想要的东西不要太多噢,我想养四只懒洋洋的猫,养十三条各种颜色的鱼,再养有两只可爱的龙猫,一只平时一动不动的乌龟。现在这些我都有了,太容易实现了。所以,拜托两位小美眉

千万不要提前就泄气了呀。"

天晚了，QUEEN姐姐给我和青豆示范抱着膝盖怎么样睡得舒服一点。她还说："我平时喜欢趴着睡觉。你们知道为什么吗？因为，如果我是天使，背后就有翅膀。如果我是魔鬼，背后又有尾巴。所以，还是趴着睡比较舒服呀！"

这个可恶的姐姐，歪理一大堆！

清晨，快开门了，排队的人群蠢蠢欲动，QUEEN的女朋友赶到了，QUEEN姐姐交给她写着1、2、3三个排队号的牌子，她朋友把三个牌子小心翼翼往包里一放，抽出几张纸币给QUEEN姐姐。

QUEEN姐姐拍拍她朋友的肩膀："那么OK啦，你要买三双啊？"

"两双替换穿，一双收藏，正正好好！"她朋友回答说。

接下来，我们瞠目结舌地看到她们疯狂涌入专卖店，甩出的大钞票就像橘子皮一样。QUEEN姐姐说这些都是铁丝，NIKE运动鞋的铁杆粉丝了。她嘛，就是SD娃娃的铁丝，还有青豆，就是潘帅的铁丝。

你们都能高高兴兴地做你们的铁丝，可是我的铁丝呢，装牙箍的铁丝呢？我满怀悲痛地想。

　　QUEEN姐姐带着我们一起到肯德基吃早餐。青豆肚子很饿了，大口大口咬着汉堡。我吃得有一口没一口，QUEEN姐姐又开导一蹶不振的我："又不是世界末日，人嘛，最重要是今天过得开不开心，开心就OK啦，明天的事明天再讲！"

　　明天我还能变出五千块装牙箍的钱吗？绝对不可能，我当然继续闷闷不乐。

　　QUEEN姐姐倒有自知之明："宝宝很恨我是吧？我教给你一个办法，很能解恨的。喏，就是写作文。我读高一的时候，可恶的语文老师老是招惹我，我就想怎么来'报答'她。机会终于来了，有一次语文考试，我一看到题目《三十年后的我》，开始差点崩溃，因为那时候会发生我最最不愿意看到的事情，就是我成了一个欧巴桑，可是转念一想，马上灵感大发，刷刷刷就写上了：'今天，风和日丽，小鸟唱歌，花儿开放，我开着拉风的宾利汽车，哇，副驾驶座上还有一条好大的圣伯纳犬！没错，我已经成了一个很成功的女金领了。我来到树林里，展开双臂，闭上眼睛，享受我的森林桑拿浴，真幸福呀，想到哪里度假就到哪里度假，想买什么漂亮衣服就买什么漂亮衣服。突然，从树后面走出来一个又臭又脏、穿得破破烂烂的疯老太婆，我一看，这不是我的中学语文老师吗……'"

QUEEN姐姐还没说完呢:"宝宝,最后几句你可以这样写:'突然,从树后面走出来一个又臭又脏、穿得破破烂烂的疯老太婆,一口牙齿噢,啧啧,只剩下两只门牙了,还乌黑乌黑的。我一看,这不是以前那个喜欢露肚皮的QUEEN吗?啧啧啧啧,惨不忍睹啊……'"

青豆这个没心肝的,听到这里居然扑哧一声笑出来了。我白了她一眼,用看背叛者那样的眼神冷冷翻了她一眼。

她含着半口口乐,愣了一样看着我。

是的,我现在很恨青豆,如果没有她介绍这个可恶的QUEEN姐姐给我,我的五千元巨款(其实是沈莲的呀,想到这儿,我的心更是一阵绞痛)此刻正太太平平地不是躺在缝纫机的洞洞里,就是在我的随身包包里。

QUEEN和青豆送我到长途汽车站,QUEEN和青豆忙进忙出,查时刻表、排队买票、找候车的门口,我一脸伤心麻木,像个木偶人一样,任她们拖来拖去。

要进站了,QUEEN犹豫了一下,突然把SD娃娃塞给了我。

我抱着SD娃娃,像抱着一只炸药包一样,害怕地叫起来:"我不要!"

　　QUEEN教训我了："宝宝你傻啊，我要是不还你钱怎么办？姐姐教你，这叫抵押！"

　　青豆叫了我一声"宝宝"，却不知道说什么。

　　我低头在包里掏呵掏，掏出青豆的MP3，递了过去："还给你！"

　　青豆躲到一边："干吗啊？我不要！不是早就说好送给你了吗？"

　　我轻轻说："我不需要了！"说完，把MP3硬塞到她手里，然后逃也似的飞快进站。

　　我听见青豆追在后面一遍遍叫"宝宝，宝宝"，声音里的哭腔越来越明显，我像没听到一样，头也不回跳上车，把头深深埋下，不让她们两个再看见我的脸。

　　我以为只要装上牙箍，就能推开一扇门，哗，有个美丽新世界一下跳到我面前来！555，我是那个在肥皂泡泡顶上坐了很久的人，泡泡破了，我从上面一头栽下来……

　　现在，在这个世界上，我唯一可投奔的也只有妈妈了。

　　QUEEN拉着青豆走到了车站外的街，买了奶茶给青豆喝。青豆根本没心思喝，她失魂落魄看着MP3："宝宝回去以

后怎么办呀？宝宝肯定恨死我了！"

QUEEN吱溜吱溜吸着杯子里的珍珠："不要小看宝宝，宝宝其实像核桃一样坚强呢，没问题的，都可以过去的！"

"你又不知道被死党恨的滋味有多难受？"青豆没好气地抢白她。

QUEEN却说："我怎么不知道啊。我的死党在我眼皮底下偷看我的日记，嘿嘿，我有八百度近视。我知道以后，第一件事情就是去配一副隐形眼镜，还是蓝色的，嘿嘿，结果头一次发现自己还是一个美女！你看坏事就是这样变成好事的。"

青豆眼巴巴地问："那么你死党做了对不起你的事情，你还理她吗？"

QUEEN无所谓地说："没什么理不理的，我有过很多死党，分开以后，就都不是死党了。说不定你喝完了奶茶就会忘掉宝宝，有时候忘掉一个人只要一杯奶茶的工夫。"

青豆叫起来："怎么可能呢？"

QUEEN晃晃大半杯奶茶，不无伤心又不无自嘲地说："现在，我已经忘掉我的宝贝我的SD娃娃了……"

青豆闭起眼睛，狠狠吸了一大口奶茶："好吧，我试试看！"

NO.18 宝宝的最后一个愿望

　　我敲门,家里没有人,现在爸爸妈妈应该都在店里做生意吧,也好,我真的不想让他们看到我那一副死样。尽管青豆让她爸爸给我家、李老师家都打了电话,说我到上海找青豆玩了,李老师先是狠狠骂我是野孩子,招呼也不打就跑掉了,出了事情谁负责,又说她没办法再管我了,让我以后回绍兴去。我竖了半天耳朵,也没听到青豆爸妈说李老师提到沈莲什么,松了一口气以后,又无比害怕和内疚。

　　我从小讨饭变成了一个小逃犯,两样的结果都很悲惨。

　　我妈妈听说我去上海,仅仅惊讶了一会儿,就平静了,说了些麻烦青豆家照顾我的客气话,短短几分钟就挂了电话。妈妈说不定还私下松了一口气,我自说自话这么一走,总算可以让她暂时推掉一个小包袱。

　　可是,现在这个小包袱背着更大更沉重的包袱回来了,他

们推也推不掉了。我有气无力地从包里翻出钥匙,打开绍兴的家门,一下惊呆了!

我倒退到门口,看看门牌号,露出难以置信的表情。是我家呀,可是为什么我都认不出了?痴呆了很久,我才稍微清醒一点,然后有眼球和脑子恢复正常,迅速对眼前的情况做出判断——

两室一厅的房子已经用水泥和砖头砌起的一堵墙隔开。

妈妈只有一间卧室加卫生间,爸爸那边应该有一室一厅。

妈妈的卧室,堆了好多东西,显得很逼仄,连桌子也没有一张。晚上,我坐在凳子上,作业本放在床铺上做,低头一笔一画地抄着英文单词。妈妈看着我流泪,我低头,笔尖在本本上划划划,眼泪在眼眶里打转转。

我警告自己:宝宝,憋着,憋着,别给妈妈再雪上加霜了。

床头的电话铃响,我竖起耳朵听——

"喂,噢,是过房娘呀……"妈妈接起电话,就抹掉眼泪,装作若无其事的样子,用正常的语调和对方说话。

李老师的声音听起来却很着急:"你们不知道吧,沈莲子

宫出血,小孩子早产了,放在暖箱里,每天都要付一百多块的暖箱费。唉,小两口居然拿不出什么钱,真不晓得他们过日子的……"

我的笔掉到了地上,有那么几秒钟,我的心害怕得缩成一团。

我听见妈妈期期艾艾地说:"作孽呀。我最近手头比较紧,不过宝宝的寄养费我一定尽快给你送去。"

放下电话,妈妈立马跑到隔壁狠狠地砸门。我听到妈妈在大吵大闹:"罗三宝,你给我死出来!"

爸爸好像出来了,骂骂咧咧开了门:"我自己也养不活了,再养个赔钱货干什么……"

我站在那堵把爸爸妈妈彻底分开的冰冰冷的墙边,头一下一下撞墙,越内疚就越绝望啊,那一刹那我对自己真是讨厌到了极点——

我不顾一切后果地要装牙箍要自己漂亮,其实就是为了让爸爸能够喜欢我一点呵。可是现在,爸爸连要都不要我了!我为什么要出生?我又为什么要被妈妈生成这个模样呵?

一大清早,我毫无睡意,翻身起床了。

我不忘记背着书包进了卫生间,把门关上,慢慢从里面掏出一把铅笔刀,卷起袖管,闭眼在手腕上一碰。

哇噢哇噢,我咝咝地倒吸气,真的好疼,才这么一下,怕疼的我马上住手了。我眼泪汪汪、龇牙咧嘴地低头,手腕渗出了几颗小血珠。

"宝宝——"妈妈在外面敲门。

"噢,"我赶紧打开排风,拉了一下抽水马桶,然后扯下洗脸毛巾,搭在手腕上,慌慌张张去开门。

妈妈的脸色是灰灰的,耷拉着眼皮,交给我两个硬币,声音沙沙地说:"我要到店里去,你自己买早饭吃吧。"

"嗯。"我接过硬币,转身不紧不慢刷牙洗脸,竭力装得特别平静特别正常。妈妈心事重重,也没察觉到我有什么异样。她转身走向门口,我在镜子里看见妈妈走路的样子,一步一步,腿肚上像缀着沉沉的沙袋。

听到妈妈沉沉的关门声,我盯着镜子里那张苍白的脸,轻轻对自己说:好了,就让我去完成罗洁宝的最后一个愿望吧。

我给妈妈留了一张纸条——"我到华镇去看沈莲。妈妈,记得宝宝永远爱你!"

我手插在口袋里,漫无目的地走出家门。我走到十字路

口,任绿灯翻红灯,红灯翻绿灯,不知该把自己带到哪里去。

恍惚的眼神忽然一跳,久久定格在那里,对面的公车站台旁,张贴着一连排巨幅口香糖广告,我冲过去,广告里的帅哥牙齿洁白,整齐完美到无可挑剔,衬托得笑容灿烂到璀璨。

我一下一下比画着,好家伙,每一颗比我的拳头还要大,它们连绵成一堵雪白的墙,我用拳头一下一下砸着,它们是多么难以逾越的一堵高墙啊,撞得我鼻青眼肿、头破血流、走投无路。我眯缝起眼睛,慢慢,泪花翻滚着涌了出来……

半个多小时以后,我坐上了到华镇的汽车。车厢里空荡荡的,没几个乘客,我躲在最后一排,避开其他人的视线。我小心翼翼从包包里拿出SD娃娃,虽然是第二次见它,它的漂亮还是让我倒吸了一口气,情不自禁对着它喃喃自语:"我难看死了呀你漂亮死了呀我难看死了呀你漂亮死了呀……"

我把头埋在前面座位的椅背上,瞟了一眼手腕上的伤口,那里早已经不流血了,但是有几滴血迹凝固在那里。

我顿时头有点晕,周围的一切在缓速旋转——

我快死了吗,快死了吗?那么,有什么话就快点说出来吧。对不起呀,沈莲!再见,妈妈!青豆,我原谅你了。我爱你们,统统的,全部的!

在红色的晕眩里,我深一脚浅一脚地走进了医院大门,摇摇晃晃走近了产科病房的门。

我止步在病房门外,含着眼泪,不敢进去。我趴在门缝里张望:沈莲就睡在靠门的床位上,抱着一个小猫一样孱弱的小婴儿,给她喂奶。沈莲丈夫在她床前举着一只手掌在发誓——

"你相信我,我再也不搓麻将了!"

"我相信你!"

"我好好做衣服,让你们母女过好日子,相信不相信?"

"我相信!"

也许是沈莲的奶水少,小婴儿吮了几口,咿咿呀呀哭起来。沈莲从枕头旁边摸出一张纸币交给丈夫:"去买袋光明奶粉,不要派别的用场好吗?"

沈莲丈夫接过纸币,跺跺脚,恨恨地说:"再搓我就是畜生!"

"我相信!"沈莲连忙用手去堵她丈夫的嘴巴。

沈莲丈夫推开门口,我措手不及出现在门口,转身想逃,被沈莲叫住了:"宝宝!"

我顿时像个被当场捉拿的小罪犯一样,再也迈不出去一

步。

我又看见那张笑脸,还是那么明亮亲切,她热切地笑着向我招手:"宝宝,快点进来,快点进来,看看我的宝宝呀!"

我无法抗拒那张天使一样的笑脸,前面即使是刀山火海我也愿意跳下去,我也应该跳下去。不是吗,沈莲对我这么好,我、我对她都做了些什么呀?

"宝宝,你脸色不好噢。"沈莲抬起我的下巴,"肯定没吃早饭吧?来来来,这里有鲜奶蛋糕,我老公给我买的,比他以前给我买的糖要好吃一百倍噢!"

我又饿又伤心,一边吃着沈莲的蛋糕,真好吃呀,一到嘴里就融化的甜蜜,一边抽抽搭搭,眼泪鼻涕流得一塌糊涂:"对不起对不起……

沈莲轻轻拍着我:"没事了,没事了……"

我哭着问她:"你为什么可以原谅所有的人呀?"

沈莲不知是对站着的那个十三岁的宝宝,还是怀抱里只有零岁的宝宝说:"宝宝啊宝宝,看一个人,只要记得他的好,忘记他的不好,这样会开心起来的,知道吗?"

"噢!"我头点得下巴都快要掉下来啦!

沈莲的蛋糕真的好神奇哟,我一点也不头晕了,手腕

上,也结了一条浅浅的疤。

一点一点,我从包里小心翼翼拿出SD娃娃,沈莲顿时被娃娃的漂亮震住了,眼睛和嘴巴一起慢慢张大:"呀,呀,是送给我的吗?"

我使劲点头,"还有你的宝宝!"

沈莲露出小姑娘一样做梦的神情,一手抱着她的宝宝,一手搂着她的娃娃:"太漂亮啦!我从小就想有一个洋娃娃!"

SD娃娃漂亮的脸好像会说话。

李老师和妈妈前脚后脚也来看沈莲了。

"啊呀宝宝真懂事,送那么好看的娃娃给我家沈莲的宝宝呀?"先进来的李老师看见SD娃娃就眉开眼笑。

"这个娃娃本来就是沈莲的。"我淡淡地说。

"谢谢宝宝噢!"左拥右抱的沈莲左面亲一口,右面亲一口,幸福得不得了。

"喔?"李老师疑疑惑惑地看着沈莲,"啧啧,很贵吧?什么时候托宝宝买的呀,我怎么不知道……"

"过房娘。"妈妈的出现,给我和沈莲解了围。

妈妈是来送钱给李老师,一个劲地向她道歉:"对不住呀,过房娘,拖了好几天才给你。"

李老师嘴巴上客气着,手里飞快地点钱,"不要紧不要紧。真是的,你急什么呀?"

点完钱,她心情好多了,拉着妈妈的手扯东扯西。

"哎,我听镇上人说,宝宝的外公前两天穿得整整齐齐的,到镇上相熟的人家一家家道别,说要出远门了。还硬要给酱油店几块钱,酱油店的人莫名其妙,可是老头子说这是以前赊的账,一定要还的!"

"啊?不过老头子脑子是不大拎清了呀。"妈妈有点吃惊,不过转念一想,马上想通了。

"我看是得了老年痴呆症。要么呢有空回去看看?"李老师撇撇嘴巴。

妈妈轻轻叹口气:"是要回去看看了,不回去也没地方去了。"

NO.19 外公的"独木舟"

妈妈和我连拉带扛，拖着大包小包回到了沈娄村。当初是风风光光走的，现在灰溜溜回来了，妈妈硬要绕远路，从村子后面绕进我家的老房子。

我肩胛要被压断了，脚也好酸喔，真是死要面子活受罪啊。

妈妈一脸消沉疲惫地推开家门，啊，啊！我们两个人一起睁大眼，外公坐在棺材里，笑嘻嘻地和裁缝讨价还价。

"这是绸缎的吗？啧啧，贵得来！"外公套着一件满是圆滚滚的"福"字的黑绸衫在问。

裁缝把胸脯拍得嘭嘭响："不是绸缎的，我两倍价钱赔给你！"

这时，外公看见妈妈了，灵活地从棺材里面爬了出来，笑眯眯叫着："啊呀，回来得正好，帮我看看这身寿衣合身

吗?"

妈妈肩头的包缓缓滑下来,掉在地上。

外公捏着衣服的料子,一脸幸福:"哎呀哎呀,软得来滑得来,养了一辈子蚕宝宝,还没穿过这么好的绸衣裳!"

"老头子,你还要触我霉头吗?"妈妈吼起来,一边冲过去连推带搡把裁缝赶出门外,"走走走,你不晓得我家老头子有病呀,跟着瞎起什么哄呀?"

妈妈把裁缝赶出去,自己也跟着出了门,没有两分钟,妈妈带着住在隔壁的一对父子进来,指指客堂正中间的棺材说:"抬出去!"

"不要不要啊,我马上要派上用场的!"外公连扑带跑跳进棺材,动作敏捷得像个小男生。

妈妈咬咬牙:"帮我把这只触霉头的棺材板抬出去!你们帮我把老头子拉出来!"

那对父子撸起袖管,一人一边抓住棺材的板壁,对外公说:"阿爷,你还是出来吧,待在里面多丧气呀!"

外公两只手紧紧抓着两边的板壁,"不要,从今天起,我不睡床铺了,我天天睡在里面!"外公从来没有这么固执过。

"不出来是吧?"妈妈气得要吐血的样子,"好好好,一

起抬出去！"

外公闭起了眼睛，一副誓与新棺材共存亡的架势。

我哭着抱住妈妈："不要对外公这样呀！"

邻居父子俩缩手了，"我们不能连阿爷一起抬出去，太不吉利了！"说着就走了。

妈妈呆呆站了一会儿，一甩手一摔门："我不要再看见你们一老一小两个神经病！"

外公坐在棺材里，我把下巴搁在棺材档上。新新的还没上黑漆的棺材，让我没有一点恐惧感，我甚至感觉外公有点像印第安老人，坐在一只独木舟里，一个人在一条长长的河床里划呀划。

我们隔着外公的"独木舟"，一个在里面，一个在外面，一个坐着，一个站着，聊起天来——

"外公你立起来，让我看看新衣裳合身吗？"我笑嘻嘻说。

外公马上立起来，转来转去给我看："好呀，看看，外公穿这一身上路，可体面？"

我上下打量，帮外公把领子翻翻好，袖子拉拉挺，然后退

后两步检查了一番,很满意地夸奖:"外公很帅噢!"

"宝宝,外公告诉你,生得好,活得好,病得晚,死得快,这样才算没有白活过呀!"外公一脸认真地告诉我。

外公在"独木舟"里坐下来:"宝宝,我们打牌好哇?"

"好呀好呀!"好久没有和外公打"争上游"了,好想喔。

"把小桌子搬进来!"外公拍拍我。

我跳起来:"好哇。"

走到墙角落里的小桌子前,我发现小桌子用一层透明塑料布紧紧包着,下面有三摊牌。我忽然明白过来,外公、外公好听宝宝的话啊,一直保留着上次我离家时没有打完的半副牌局。

"外公!"宝宝轻轻叫起来。

"宝宝,我保证没有偷看过你牌噢!"外公笑得有点调皮。

一老一小开始继续上次未完成的牌局——

"皮蛋对!"

"老K对!"

"我出小三子,外公总要得起吧?"

"J!"

……

外公把最后几张牌摊在桌子上,乖乖认输:"宝宝有炸弹,终归打不过你!"

"输掉了怎么说?"

外公把手伸进怀里掏啊掏啊,半天,终于掏出一只手镯来:"玛瑙的,你外婆的陪嫁,老货!本来想要到你成人礼的时候再给的。呵呵,提早输给你啦。"

我马上套进手腕:转来转去欣赏,手镯发出迷人暗红的金色光泽:"呀,呀,真好看呀!"

外公笑了:"小姑娘嘛就是死要漂亮!"

"喔,妈妈怎么还没回来?"我打了大大、长长的哈欠。

"肯定搓麻将去了,搓完了脾气也就顺了,要是再赢点小钱,她就更爽了!"说着说着,外公就笑眯眯起来。

"好去睡觉了。"外公摸摸我的脑袋。

"嗯。"我揉着眼睛走到房门,转过头说,"外公,明早你再帮我梳辫子!"

爬到床上，月光洒在我床边，我又听到了蚕宝宝沙沙沙的声音。

外面的客堂间传来外公的自言自语："叶子落光了，牙齿也落光了，是好走了呀。"

一会儿又听到外公轻轻的满足的笑声，好像还吸着鼻子："喔，喔，木头真香呀！"

清晨，当第一缕阳光照在外公心满意足的笑脸上，传来了妈妈撕心裂肺的哭喊："老头子，你为什么不早点告诉我呀？你是存心的对吗？你是想让我一辈子不安心对吗……"

外公坐着他喜欢的"独木舟"，一个人安静地上路了，妈妈在他的床头找到一张肝癌晚期的诊断书。

原来油菜花金黄一片的田间如今光秃秃的,初春过去了,天气热起来。

蚕宝宝被泡在热气腾腾的水里,准备抽丝。

那筐画有小人的彩色蚕茧,也被扔到了滚烫的水中,被抽拉开来,套成一层薄薄的丝网,晾在风中。

我从树上的鸽子笼里,拿出了桑桑送的那朵白色蚕花,吹吹灰,戴到头上。

村里的习俗,八十岁以上长寿老人过世,就算喜丧,家人要准备几箩筐碗,供乡邻摔碗表示祝贺喜丧。

妈妈腰间绑着白布带,眼皮红肿地从箩筐里拣起一只只碗交给村人。

村里的老老少少排着队,一个个接过碗,摔在地上,不同摔碗的姿势,此起彼伏的碗落地破碎的声音,还有称赞死者的

好话一箩筐——

"阿爷好人呀,一辈子从来没有惹过别人。"

"我小时候偷吃桑葚被你发觉了,你非但不骂我,还抱着我去摘上面更好的果子。"

"阿爷,木头不错吧,木匠我没骗你吧?"

"阿爷可以戴上蚕花,安心上路了。"

……

"宝宝,到稻柴间里再拿摞碗来,装在箩筐里。"妈妈叫我。

我推开稻柴房,忽然整个人木在门口——

一个稻草人,扎着两根稻草辫子,结实的、光洁的、长长的辫子,一直垂到地上。

回忆一幕幕重演了——

外公信心十足,熟练地给我梳了一根辫子,再梳一根辫子。

我拿着镜子左照右照,露出不能置信的神情,转头看看外公。

外公笑得那个得意呀:"保证好看的!"

我也笑了:"嗯,进步好大呀!"

外公看着我:"真像你外婆年轻时候呀,你外婆正正宗宗是一个小姐呀!"

豆腐饭一桌一桌开了。

外公说得对:"宝宝啊,一个人一辈子要办好几场酒席,满月酒、成人礼、订婚结婚酒、新房上梁酒,死了还要办豆腐饭,除了一头一尾的满月酒、豆腐饭自己喝不到,其他自己都能吃到喝到哦……"

外公吃不到自己的豆腐饭了,不过没关系,我抓过两杯老米酒,"干杯!"咕嘟嘟统统往喉咙里倒。

我扶着箩筐,看到里面只剩下四只碗了,嘻嘻笑起来,"我还没摔过碗呢!"一边手伸进去拿。

我呜呜哭着,摔一个问一句——

"小孩子为什么要生出来?"

乓,第一个碗碎了。

"小姑娘为什么要漂亮?"

乓,第二个碗碎了。

"大人为什么结婚了又离婚?"

乓,第三个碗碎了。

"老人为什么最后都要死掉?"

乒乓,第四个碗碎了。

乒乓、乒乓、乒乓、乒乓,是我十三岁的心碎的声音,还是我十三岁破壳的声音?

哭完了,碗也摔光了,我呆呆看了会儿空空的箩筐,转身,跌跌撞撞跑起来、跑起来……

镇上的古董店里,我用力一圈圈转出外公送给我的玛瑙手镯,递给一个圆圆脸老板模样的老头。老头很专业地掂量,看品质,露出满意的笑容。

我换了一沓钱,吱吱吱,一层层拉上拉链,然后拍一下包,深吸一口气,转身奔了出去。

我在飞奔,村庄被甩在后面,街道被甩在后面,公路被甩在后面……

我越奔越快,灿烂地笑着,张开双臂,我要飞起来了。

一个女孩一嘴金属小镶片和钢丝,在那里笑了!

我终于、终于如愿以偿装上牙箍啦!

外公坐上"独木舟"走了,冥冥中,他帮我完成了十三岁

最大的梦想。

十三岁,每个女孩是一个用自己的力量使劲成长的天使,哭着,笑着……

十三岁,加油、加油喔……

青春的质感灿若水晶（代后记）

孟凡明（编辑、作家）

十三,在西方人眼里,是个不吉利的数字。

那么,在十三岁女孩的心里,十三岁是否意味着格外的艰辛或者说它命中注定是一个青涩的年龄?而在作家笔下,十三岁的女孩子,是一种什么样的存在状态?他们又会如何来描绘十三岁女孩子的生活姿态,十三岁的青春在他们笔下会呈现怎样的质感?

辫子姐姐郁雨君,将自己的温存笔触探向女孩子的十三岁,为我们奉献了这部很特别的作品《十三岁的秘密》。

《十三岁的秘密》以纪实而时尚的风格讲述了一个感人至深的成长故事:十三岁的女孩宝宝只因为有一对大门牙而被男生们评为"十大女恐龙"之一。被爱美愿望驱动的宝宝从乡村的老房子来到城镇再来到上海,在死党青豆的仗义帮助下,开

始了牙套冒险历程。中间经历了朋友背叛的灰心，亲情碎裂后的伤心，外公永远离去的痛心……这一切，改变了她倔犟而麻木的个性。

《十三岁的秘密》的特别，首先在于这部作品特殊的"出身"——它是一部少女电影小说。在此之前，先有了电影剧本，有了电影《十三岁女孩》，然后在剧本的基础上演绎成一部小说。与电影有所不同，小说充分发挥文字的独特魅力，细腻深刻地描摹了女孩子的内心世界，力图以此揭开少女的秘密。

因为脱胎于电影，于是，小说隐约可见电影的某些投影。比如作品的画面感很强，所描绘的江南水乡如诗如画，读来时时令人有亲历其境的感觉。作品中描绘的"轧蚕花"的乡间风俗，女孩子完成成人礼，头戴漂亮的蚕花，到大街上大大方方地任凭男孩子们追，令人过目难忘。

其实，雨君的很多作品，包括她此前创作的许多散文也有这个特色。再比如故事场景的大幅度转换：从农家到小镇，再到上海，最后回到农家。背景不同，人物存在的环境也就不同，人物的存在状态也随之改变，作品的戏剧性冲突愈发激

烈。

《十三岁的秘密》的特色,还在于对少女心理到位的把握以及深入的揭示。很明显,雨君这个故事所揭示的主题是"成长"。作品写得非常精彩,既好看又耐读,显示了作家郁雨君对成长这一主题很好的把握能力以及相当强的概括能力。这种能力,既来自雨君的素养和所学的专业,也来自雨君对这个年龄段的女孩的一份特殊的关怀。

雨君曾经主编过一份《少女》杂志,为之倾注了一腔挚爱,她和成长期中的女孩们始终心心相印。在《十三岁的秘密》这部作品里,雨君设置了一个推动情节不断向前演进的"动机":爱漂亮——装牙套。这背后折射的是女孩子对美的呼唤,对爱的渴求以及追寻生命意义的灵魂萌动。这一动机成为小说的主要线索,与女孩子的心理特征紧密贴合,因而它的设置是非常成功的。

《十三岁女孩》是雨君自觉的创作理念导引下的一部转型作品。与以往作品相比,情节布局及节奏把握、形象塑造及语言风格都有了很大的变化,向前迈进了一大步。因为读者对象锁定为青少年,所以,在情节布局及节奏把握方面雨君狠下了

一番工夫。作品情节推进的节奏比较快并且张弛有度,精彩的故事联翩而至,让人读来欲罢不能。而恰恰就在这样的情节演进过程中,作品的主题被逐渐揭示、深化乃至升华。在形象塑造上,许多细节非常生动,显得很有力量,人物的外在表现与其内心世界的律动呼应而和谐。语言风格方面,分寸感把握得很好,时代气息浓郁而又没有陷于流俗的甜腻、做作。

《十三岁的秘密》是一部正剧,雨君不拘一格,交错运用喜剧和悲剧两种笔法,把它写得有笑有泪,悲喜交集。这是对青春质感最为准确的还原。这部作品对雨君而言,是一次新的、勇敢的尝试。抛开自己熟悉的写作套路另辟新径,并不容易,尤其是对于雨君这样的作者——已经获得了一定的成功,已经拥有了自己的读者群——更需要勇气,需要艺术担当的使命感。在我看来,作品的转型是成功的。《十三岁的秘密》是雨君的一个重要的收获,也是她走向成熟的标志。

作为一个始终关注"成长"的作家,雨君通过《十三岁的秘密》完成了对成长的一次"雕刻",用文字为我们呈现了一种青春的质感,它灿若水晶,光华夺目。

读罢《十三岁的秘密》,我在想,作为一名深受青少年读

者喜爱的作家,雨君在追求更深邃、更高远的境界,在追求站在更高的高度上更从容、更沉着地观照、抒写或者发问,期待雨君将自己创作的潜力全部尽情地释放出来。

图书在版编目（CIP）数据

十三岁的秘密／郁雨君著．—济南：山东文艺出版社，2011.4

（辫子姐姐·纯情经典系列）

ISBN 978-7-5329-3460-7

Ⅰ.①十… Ⅱ.①郁… Ⅲ.①儿童文学－长篇小说－中国－当代 Ⅳ.① I287.45

中国版本图书馆 CIP 数据核字（2011）第 034697 号

主管部门	山东出版集团
集团网址	www.sdpress.com.cn
出版发行	山东文艺出版社
电子邮箱	sdwy@sdpress.com.cn
地　　址	济南英雄山路 189 号
印　　刷	山东新华印刷厂潍坊厂
版　　次	2011 年 4 月第 1 版
	2011 年 4 月第 1 次印刷
规　　格	开本 /155×210 毫米　32 开
	印张 /6.75　插页 /4　千字 /111
定　　价	18.00 元